いのちの食べ方 2

十文字 青
原作・プロデュース：Eve

MF文庫J

口絵・本文イラスト：lack

弟《おと》切《ぎり》飛《とび》

主人公。相棒のバックパック「バク」と共に過ごす少年。

バク

飛の相棒。よく喋る陽気なバックパックの人外。

白《しら》玉《たま》龍《りゆう》子《こ》

飛のクラスメイト。相棒はチヌラーシャという人外。

灰《はい》崎《ざき》逸《いつ》也《や》

学校の用務員。かつては特案の部隊に所属していた。

弟《おと》切《ぎり》潟《せき》

飛の兄。長い間、行方不明となっているが……。

雫《しずく》谷《だに》ルカナ

保健室登校を続ける飛と龍子のクラスメイト。

浅《あさ》緋《ひ》萌《も》日《に》花《か》

一連の事件の後に転校してきた謎の多い少女。

いのちの食べ方

登場人物

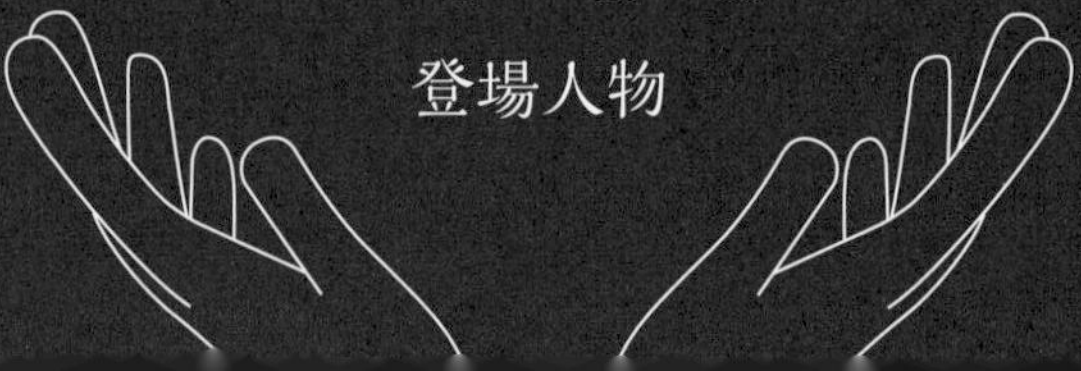

＃０／
分散して集積する
解は未明
not a piece of cake

憐れみを思いやれない悲しさも考えらんない

僕が進む道だろくに進めやしないが

所詮、道なき道でしかないか

——『作品＃1』S

#0-1_otogiri_tobi/ きみが何者か僕は知らない

いつものように校門前で黒縁眼鏡《めがね》の教員が生徒たちに声をかけている。あの教員が着ている服は、決まってやけにぴったりとしたスーツだ。

「浅宮《あさみや》ぁ」

今朝は弟切飛《おとぎりとび》の同級生がつかまっていた。

「前髪、長すぎだろ。切れよ。目によくないんだから。先生もな、それで視力が悪くなったんだよ」

「ヤギー先生も昔、前髪長かったんですか」

「誰がヤギーだよ。まあな。長くしてたんだよ。昔はこんな髪型じゃなかったからな。当たり前だけど」

「ヤギー先生、校則破ってたってこと？」

「だからヤギーじゃない、八柄島《やがらしま》だ！　先生が通ってたのはな、田舎の全校生徒三十人くらいの学校で、校則らしい校則はなくてだな……」

「今度、切りまーす」

「絶対切れよ、浅宮！　目が悪くなるんだからな！」

浅宮が通りすぎると、黒縁眼鏡の八柄島先生は即座に別の生徒に目をつけた。

「おい、高木《たかぎ》ぃ。なんか顔色が悪いぞ、大丈夫か」

「俺、低気圧なんで」

「低気圧って何だよ。それ言うなら、低血圧だろ」

「ヤギー先生、はよーっ」

他の女子生徒が通りすがりに手を振って挨拶すると、八柄島先生は眼鏡がずれる勢いで跳び上がった。

「こらぁ、三好《みよし》ぃ！　はよーじゃなくて、そこは、おはよう、だろ！」

飛は今まで気づいていなかったが、八柄島先生はわりと生徒たちに舐《な》められているようだ。いい言い方をすれば、親しまれている。

「おはようございます」

飛が通りがけに挨拶をすると、八柄島先生は「おぅ」と顔をほころばせた。

「おはよう、弟切！」

やけに嬉《うれ》しそうというか、心から笑っているとしか思えない表情だった。意表を衝《つ》かれて、思わず飛は会釈をしてしまった。

飛に背負われているバックパックが、ヘッ、と笑った。

「悪いやつじゃねえんだろうな」

「……悪い人だとは、もともと思ってないけど？」

飛《とび》が小声で言い返すと、バクは「そうだったかァ？」と嫌みたらしく応じた。

「あァー、しかしよォ――」

生意気なのだ。バックパックのくせに。

「腹が減るな、ちくしょうめ」

「それ、朝から何回も言ってない？」

校舎へと向かう生徒たちに聞かれないように、飛は声量を抑えないといけない。

「何回だって言うぜ！」

バクはおかまいなしだ。バックパックの声は飛にしか聞こえない。

かつてはそう思っていた。実は違った。

でも、たいていの人間にとって、バクはしゃべることも、勝手に暴れだすこともない。

ただのバックパックだ。

「飛、おまえは毎日、朝昼晩と飯を食ってやがるだろ。オレだって何か食わねえと、腹くらい減るんだよ。最近、やっとそのことに気づいたんだ」

「ずっと気づかなきゃよかったのに……」

飛はため息をついて腹をさすった。施設でちゃんと朝ご飯を食べてきた。今日はめずらしく白米をお代わりまでした。それなのに、いまいち満腹感がない。

「んんー……」

バクが唸《うな》りながら身をよじる。周りが気になるのだろう。飛も同じだった。

少し前を歩いている男子生徒の肩に、やたらと平べったいヤモリのようなものがくっついている。そのさらに前方にいる女子生徒の髪の毛には、手足が生えた小さなてるてる坊主みたいなものがぶら下がり、くるくる回転していた。

「なァ、飛——」

「だめだ」

飛はバクが言い終える前にきっぱりと告げた。

「ンだよ。オレはまだ何も言ってねえぞ」

バクは不満げだが、だめだ。だめに決まっている。あの平たすぎるヤモリや、回転てるてる坊主を食べていいか。バクの考えることなんてお見通しだ。バクは飛にそう尋ねようとしていたのだ。

百歩譲って、あれらがもし、変種のヤモリやてるてる坊主に似た謎の小動物で、バクがどうしてもというのなら、止めはしない。けれども、違う。あの変なやつらは爬虫類《はちゆうるい》でも、てるてる坊主型の生物でもない。

人外。

そう呼ばれる存在だ。

飛《とび》はもう一度ため息をついて、なるべく人外たちを視界に入れないようにうつむいた。人外を食べたらどうなるか。バクはわかっていないのか。わからないはずがない。知っているはずだ。

バクは食べたのだから。

同級生の人外を、実際に食べた。

紺《こん》ちあみ。そして、正宗《まさむね》こと正木宗二《まさきしゅうじ》。二人分の人外を、バクは平らげた。その結果、どうなったか。

「オレだってな。何も、見境なくとって食っちまおうなんて思ってねえし……」

バクが弁解がましくぶつぶつ言っている。

「けど、なんか……多くねえか。ンン？　オレの気のせいかァ？」

飛は無視した。でも、同感だった。たしかに多い。

前から人外を連れている者はそれなりにいた。正確に数えたことはないものの、小学生や中学生が百人いれば、そのうち数人は人外を伴っている。その数人も自分の人外に気づいていないようだが、とにかく二パーセントとか三パーセントくらいだろう。だとしたら、クラスに一人か二人、まあ数人いてもおかしくはない。

飛にとっては人外が見えるのが普通だ。だから、教室に数体、数匹の人外がいても、べつに驚きはしない。

中学校に上がってからも、とくに奇異に感じたことはなかった。この程度の人外はいるだろう。いて当然という感覚だった。

なんか、多いな。

そんなふうに思ったことはない。

飛は玄関のドアを通り抜ける間際に足を止めた。向かって左前方の靴箱のところで靴を履き替えている女子生徒の背中に、平たいヤモリのような人外がへばりついていた。飛はすぐにまた歩きだした。

「どうした？」

バクが訊《き》いてきた。飛は答えずに平静を装った。内心、いくらか動揺していた。さっき目にした人外を確認したい。でも、もう行きすぎてしまった。ここからでは見えない。ぺらぺらに薄っぺらい、ヤモリのような形をした人外だった。大きさは五センチかそこらで、白っぽかったと思う。たぶん、黄みがかった乳白色だ。

あの人外は女子生徒の背中にくっついていた。あれは三年生の靴箱だった。三年生の女子生徒だ。

飛はあの平たいヤモリと似たような人外を見かけなかっただろうか。

色や形が多少違っていたかもしれない。はっきりとは覚えていないけれど、平べったすぎるヤモリのような人外が、男子生徒の肩にしがみついていた。

まさか、とは思う。

たまたまだ。

偶然、二人の人外が似ていた。きっとそれだけだ。

浅宮《あさみや》が上靴を履き終えて、靴箱から離れようとしていた。

「おはよう」

飛《とび》が声をかけると、浅宮は「えっ」と一瞬つんのめりかけた。それからすごい勢いで振り向いて、長い前髪をかき上げた。

「……おはよう。弟切《おとぎり》」

浅宮は目を瞠《みは》っている。驚かせてしまったらしい。

「さっき――」

飛は自分の靴箱から上靴を出した。

「浅宮、絡まれてたね。八柄島《やがらしま》先生に」

「あぁ……まあね。うん。よくある」

「目が悪くなるって？」

「それな。毎度、言われる」

「そうなんだ」

飛は上靴に履き替えて靴箱に外履きを入れた。靴箱から玄関ホールに出ると、少し拍子抜けしている自分がいた。

「いねえな、お龍《りゅう》のやつ」

バクがぽつりと言った。それで腑《ふ》に落ちた。

龍子《りゅうこ》がいるかもしれない。飛はそう思っていたのだ。もちろん、期待していたわけじゃない。あの龍子のことだ。靴箱の陰に隠れていて、突然、飛びだしてくる可能性もあるし、心構えをしておかないと大変なことになる。先ほどの浅宮みたいに、びっくりする羽目になりかねない。

そういえば、なぜ浅宮はあんなに驚いていたのだろう。

浅宮は飛の隣にいて、なんとなく肩を並べて歩く恰好《かっこう》になっている。

「飛が、浅宮、と呼びかけようとしたら、浅宮のほうが「弟切って」と言いだして、お互いの声が軽くぶつかった。

「あっ……え、いいよ、弟切。先に言って」

「いや」

飛は首を横に振ってみせた。どうせたいしたことじゃない。

「僕が、何？」

「……うん。弟切ってさ、なんていうか……そういうキャラだっけ？　どう言えばいいんだろうな。フレンドリーっていうか」

「フレンドリー？」

飛《とび》は眉根を寄せた。意味はわかる。でも、あまり使わない言葉だ。

「言われたことないかな」

「だろうね」

浅宮《あさみや》はくすりと笑った。笑われて腹が立った、というほどじゃない。ただ、あまりいい気はしなかった。機嫌が飛の顔に出たようで、浅宮は「悪かったって」と謝った。そう言いながらも、まだちょっと笑っている。

「いいけど……」

飛は我ながら不思議なほどむっとしていた。それでいて、怒ってはいない、と思う。怒っていないのに、むっとしている。おかしな話だ。矛盾している。

どうも変だ。

飛は後ろをちらっと見た。そちらの廊下の先には保健室がある。飛はどうして振り返ったのか。そのときは自分でもわからなかった。でも、やはり何か引っかかる。飛は歩きながら、ふたたび後ろに目を向けた。足が止まった。

誰かが飛を見ている。

制服を着ていない。服装からして、生徒じゃない。

教員なのか。そうとは思えない。

保健室へと向かう廊下に、男が一人、立っている。

あの体格は男性だろう。かなり大柄だ。鍔《つば》のない帽子を被《かぶ》って、マスクをつけている。奇妙なマスクだ。歯が剥《む》き出しになった口のような絵が描かれている。目も特徴的だった。あの男の瞳は明らかに飛を見ている。それでいて、何も見ていないかのようだ。そこにあるのに、どこにもない。本物なのに、偽物《にせもの》のような目だ。

「弟切《おとぎり》？」

浅宮に声をかけられて、飛は、ああ、と曖昧な返事をした。浅宮の顔を見て、一秒かそこら、あの男から目を離した。

見直したときはもう、いなくなっていた。

「飛……」

バクがバックパックの体をもぞもぞさせた。何か言いたげだ。でも、ここでバクと話すわけにはいかない。浅宮が一緒だ。

飛が歩きはじめると、浅宮もついてきた。怪訝《けげん》そうだが、何も訊《き》いてこない。飛にしてみればありがたかった。訊かれてもうまく答えられない。

あの男は誰なのか。子供じゃない。大人だ。学校の関係者なのか。それにしては異様だった。あんな巨漢が学校内をうろついていたら、普通は絶対に怪しまれる。どうして騒ぎになっていないのか。まるで誰もあの男に気づいていないかのようだ。あの男を目撃したのは飛《とび》だけなのか。そんなことがありえるだろうか。

目の錯覚じゃない。飛は間違いなくあの男を見た。ありありと思いだせる。一度しか見ていないわりには、事細かに覚えている。

あの男は濃い色のフライトジャケットのようなブルゾンを着ていた。やたらと手が大きかった。長靴を履いていた。

しかし、飛はあの男の大きな手を見ただろうか。校舎内なのに、本当に長靴を履いていたのか。

それなのに、覚えている。

ひょっとしたら、初めてじゃないのかもしれない。

いつか、どこかで、見たことがあるのかもしれない。

飛はあの男を知っているのかもしれない。

#0-2_shiratama_ryuko/ 笑うところだよ

待ち伏せをすることは、今朝、目覚めた瞬間から心に決めていた。

問題は場所だ。

考えた末に、白玉龍子《しらたまりゅうこ》は靴箱の陰に隠れた。弟切飛《おとぎり》がやってきたら、ここから勢いよく出てゆこう。前にも似たようなことをした。あのときはべつに驚かせるつもりはなかった。来た、と思って靴箱の陰から顔を出したら、飛はびくっとしてあとずさりした。

なんだか楽しかった。

もっと本格的に驚かせたい。そうしたら、飛はどんな反応を示すだろうか。想像すると胸が躍る。でも――

息を潜めて飛の表情や振る舞いを思い描いているうちに、気になってきた。

友だちを驚かせて喜ぶなんて、人としてどうなのだろう。

「どう思う？　チヌ……」

こんなとき、龍子はつい愛用のポシェットに向かって話しかけてしまう。

「いけない」

慌てて首を横に振る。幸い今は周りに誰もいないからよかった。誰かいたら、大変だ。

変な人だと思われてしまう。

龍子《りゅうこ》はポシェットを両手でさわって、ふぅ、と一つ息をついた。

「……あれ？」

何か変だ。

変、というか、ポシェットが小刻みに動いている。

「チヌ……」

龍子はポシェットのファスナーを開けた。途端にポシェットの中からチヌの角が飛びだした。チヌの白いもふ毛がわさわさしている。

「苦しいの？　いいよ、出てきて」

龍子が囁《ささや》きかけると、チヌは待ってましたとばかりにポシェットから体を半分ほどはみ出させた。毛の合間から小さな口をのぞかせて、うちぅー、と鳴く。

龍子はチヌにうなずいてみせてから、歩きだした。チヌを見られても問題はない。というか、だいたいの人にはチヌの姿が見えない。そうはいっても、多少は人目が気になる。靴箱周辺は生徒の行き来が多い。

「飛《と》びをびっくりさせるのも、あんまりよくない気がするし……」

くぃー。

チヌが鳴いた。そうだね、と言っているようだ。

ばいい。
その発想が間違っているのかもしれない。待ち伏せではなく、ただどこかで待っていれ
「待ち伏せ……」

「教室にいればよかった？」

うゅー、とチヌが鳴いた。

「……だけど、何か落ちつかなくて」

はっとして龍子は足を止めた。

「わたし、声、出しすぎ？　独り言が趣味の人みたい……」

すぐに歩を進める。龍子は早足で歩いた。

チヌが龍子を見上げている。チヌには目らしいものがない。でも、チヌはちゃんと見えている。

ポシェットに入ってもらっている間は、チヌがいないかのように振る舞える。こうやってチヌに見られていると、いけない。どうしてもチヌを意識してしまう。

龍子は階段の踊り場で立ち止まった。たまたま人がいない。

「チヌ――」

ポシェットにふれる。チヌの体は五分の三ほどもポシェットの外に出ている。それでいて、ポシェットの中にもしっかりと詰まっている。

「やっぱり、おっきくなった？　チヌ……」

昔はもっと小さかった。

祖母にこのポシェットを買ってもらった頃はだいぶ余裕があった。すかすかだった。

徐々に育ってきたのだろうか。

少しずつ、だんだんと。

龍子《りゅうこ》だってそうだ。たとえば三年前、小五のときと比べても、かなり身長が違う。十五センチほども伸びている。でも、自分ではよくわからないし、見える景色が変わったような感じもとくにしない。

それにしても、最近のチヌはやけに大きい。

急だ。

いきなり大きくなった。

最近。

いつからだろう。

「――っ……」

龍子は息をのんだ。

うにぃー。

チヌが鳴いた。

女子生徒が階段を上がってくる。女子生徒の邪魔にならないように、龍子は踊り場の隅のほうにどいた。

心臓がどきどきする。

龍子は今、おかしかった。しばらくの間、何も考えていなかった。おそらく何も見えていなかったし、何も聞こえていなかった。

ぼうっとしていた。

龍子はこめかみのあたりを左右の掌《てのひら》でぺちぺちと叩《たた》いた。何か思いだそうとすると、自然とこうしてしまう。テスト中などはよくやる。ずっと前からの癖だ。

なぜぼうっとしていたのか。いつからぼんやりしていたのだろう。

いつから?

そうだった。

龍子はあることを考えていた。チヌだ。最近、チヌが大きい。そんなふうに感じたことが今まであっただろうか。龍子の背が伸びたように、チヌも大きくなった。それは間違いない。前はもっと小さかった。前は。前とはいつのことなのか。

最近、大きくなった。

龍子はぎゅっと目をつぶった。

またただ。気絶するわけじゃない。意識が遠のくのとは違うけれど、真っ白い壁のようなものが出現して、思考がそこから先に進まなくなる。たまにそういうことがあるのだ。

たとえば、祖父に買い与えられた本を読んでいるときなどに、それは起こる。難しい文章にぶつかって、何回読んでも意味がわからない。いくら考えても理解できそうにない。ふっと、何も考えられなくなる。あとで祖父に質問されても答えられず、叱られるだろう。それを思うと、怖くてしょうがないのに。

祖父に問いつめられている最中にも、ときどきぼうっとしてしまう。どうして黙ってるんだ、と祖父が怒鳴る。指先でテーブルを叩《たた》く。それで龍子《りゅうこ》は我に返る。龍子が必死に謝っても、祖父は許してくれない。一度怒らせたら、そう簡単には機嫌が直らない。おかげで祖母も冷たくなる。

だめな子だ。

龍子はそのたびに反省する。

わたしはだめな子だ。

よくないところがたくさんある。

悪い子だ。

だめなわたし。

わたしはだめな子。

だから。

そのせいで、きっと——

そして、龍子はまたぼうっとしていたのだ。

きぃうー、とチヌが鳴いたのが先か。それとも、誰かが階段を上がってくる足音や、気配のようなものが刺激になったのか。よくわからない。

「あっ」

龍子は踊り場の縁まで走っていった。男子生徒が二人、並んで階段を上がってくる。二人とも龍子と同じクラスだ。バックパックを背負っているほうの男子生徒が、上目遣いでちらっと龍子を見た。少しだけ、弟切飛《おとぎりとび》の両目が見開かれた。

「おはようございます、飛！」

龍子は両手を突き上げた。無意識の動作だった。

飛が、え、という感じで眉をひそめたので、龍子は「わぁ」と思っただけでなく、声に出してしまった。たしかに龍子は変なポーズをとっている。これではまるで大喜びしているかのようだ。飛と会えて心が弾んでいるのは事実だけれど、万歳をするほどじゃない。

龍子は両手を下ろした。

「あー……」

飛《とび》はぺこりと頭を下げた。

「お、おはよう」

さっき、おはよう、おはようございます！」と挨拶した。つい繰り返してしまい、恥ずかしかった。

飛の隣で、前髪の長い男子生徒が唖然《あぜん》としている。彼がそこにいることはもちろん認識していた。でも正直、龍子《りゅうこ》はあまり彼に注意を払っていなかった。考えてみれば、ずいぶん失礼な話だ。

「えっと、おはようございます、浅宮《あさみや》くんも！」

浅宮忍《しのぶ》に向かってお辞儀をしてから、龍子は三度目のおはようだと気づいた。羞恥心が限界を突破して、全身が熱くなった。

「……ふぁっ！　わたしってば、何かもう……」

「っ――」

飛が右肘の裏側らへんで口を押さえて下を向いた。

浅宮くんに至っては声を立てて笑いだした。

「おもしれえやつだなァ、お龍《りゅう》は」

飛に背負われているバクまで、フハハッと笑っている。

龍子にしてみれば、恥をかいておもしろがられるとは心外だ。抗議したくなったけれど、

浅宮《あさみや》くんもいるところでバクに文句を言うわけにはいかない。

それに、肩を震わせて笑い声を噛《か》み殺《ころ》している飛《とび》を見ていたら、なんだかどうでもよくなってきた。勝手に顔がゆるんで、このままだと龍子《りゅうこ》まで笑ってしまいそうだ。我慢しようとしたのだが、無理だった。

「ふふっ……」

どうにか忍び笑いにとどめた。それがやっとだった。ところが、龍子の笑い声が引き金になったのか、飛が「ぷっ……」と噴きだした。龍子は悲鳴を上げそうになった。飛にはこらえて欲しかったのに。まずい。つられてしまう。

「ちょっ、何なんだよ……」

浅宮くんが腹を抱えて大笑いしはじめた。

龍子は両手で顔を覆った。自分がどんなふうに笑っているのかさえ、もうよくわからない。バクが呆《あき》れ果《は》てたように呟《つぶや》いた。

「おもしれえの通り越して、もはやオカシイぞ、おまえら……」

#0-3_haizaki_itsuya/ 大人の流儀

「このままじゃ、事案化は避けられない……」

灰崎逸也《はいざきいつや》は当然、今朝も通常どおり出勤していた。用務員室は整理され、床にもゴミ一つ落ちていない状態だ。作業机の上に置いてあったじょうろを手にとって、これでいつでも仕事を始められる。準備は万端なのだ。

「どうしよう。まいったな……」

灰崎はパイプ椅子に座った。

「いや、座ってる場合じゃない……」

すぐに立ち上がる。

「まいったぞ。まいった。まいったな、これは。何が……何が、『私にできることはすべてやる』だよ。『気が向いたら、是非頼ってくれ』とか。あんなこと、よく言えたもんだよな。かっこつけてさ。そうなんだよ。ついかっこつけようとしちゃうんだよな。どうせかっこよくないのに。おれの悪いところだよ。大見得《おおみえ》切ったわりに、結局、課長ともコンタクトがとれてないし……」

灰崎は用務員室の中をぐるぐる歩き回った。作業机の下から灰崎の相棒、イタチのような人外のオルバーが顔を出している。

「もう、あれかな？　特案に復帰したいんですけどって言っちゃうとか？　それでなんとかなったりしないかな……？　頭下げて、お願いします、復帰させてくださいって。うーん、どうだろ。復帰か。復帰。おれにできるのかっていう。現場仕事は無理、使えないやつって烙印《らくいん》を押されたから、総務課に異動させられたんだろうしな。総務課とか！」

じょうろを作業机にがんっと置いたら、オルバーが作業机の下に引っこんだ。

「ああ……！」

灰崎《はいざき》は両手で髪の毛を引っかき回した。

「向いてないって、おれには総務課とか。調整とか、折衝とかさ。わかってて課長は異動させたんだ。こっちから辞めるって言わせるためだったんだろ。ようするに、半分お払い箱になったようなものなんだよ。こんなおれに何ができるっていうんだ。どうにかしなきゃなのに。未来がある子供たちを守らないと。どうやって？　ほんと、まいった……」

灰崎は作業机に両手をついて、うなずいた。何回もうなずきながら、わかってる、わかってるんだ、わかってる、と繰り返し呟《つぶや》いた。

「こんなことやってたって仕方ない。悩んで解決できる問題なら、とっくになんとかなってるんだよ。まずは仕事だ。仕事しなきゃ。そうだよ。おれはれっきとした勤め人なんだし、ちゃんと仕事しよう」

そうして、ふたたびじょうろを持とうとした。その瞬間だった。作業机に置いてあったスマホが鳴動しはじめた。灰崎は「おぁあっ！」と跳びのいて胸を押さえた。

「……び、びびび、びっくりさせるなよ。何なんだよ、もう……八つ当たりか？　そうだよな。スマホに八つ当たりしてもな。電話……？　誰だよ、朝一で――」

灰崎はじょうろの代わりにスマホを手にした。電話番号が表示されている。携帯電話のものだ。見覚えがない。知らない番号だ。おそるおそる出てみた。

「……はい、もしもし？」

『あ、灰崎くん？』

男の声だ。若くはない。

「そう……ですけど……」

『僕、僕』

とぼけたような声音なので、思わず灰崎は「ボクボクさん？」とボケてしまった。

『は？』

「……違いますよね。え？　どなたです……？」

『久藤《くどう》です。わかるかな？』

「かっ、課長ぉ……!?」

『あなたに課長と呼ばれる筋合いはないいんだけどねぇ。今はもう、ね』

とぼけたような、揶揄《やゆ》するようなこの話し方は、たしかにあの男のものだ。

久藤《くどう》。

内閣情報調査室所管の特定事案対策室、管理課課長。

久藤圭鬼《けいき》。

灰崎逸也《はいざきいつや》にとっては、かつての上司だ。

『聞いてますよ、灰崎くーん』

馬面《うまづら》の久藤が左手の小指で耳糞《みみくそ》をほじりながら、薄ら笑いを浮かべてしゃべっている。

その様《さま》が目に浮かぶようだ。

『立派に他のお仕事、してらっしゃるんでしょう?』

「……はあ、まあ……ええ。おかげさまで……」

『中学校で働いてらっしゃるんですって? てっきり僕ぁね、あなたはあれだ、たとえばさ、ホストとかね? 転職するなら、そっち方面かと思ってましたよ』

「ホ、ホスト……ですか。そんな、そう若くもないですし……」

『何をおっしゃいますやら。あなたに若くないなんて言われたらねぇ、こっちはどうしたらいいんですか。あなたにはねぇ、そういうところがあるよ、灰崎くん。人当たりがよくって、口はうまいんだけど、意外と無神経なんだよなぁ』

「……すみません」

『冗談ですよぉ、冗談。あなた、チャラついて見えるのに、変に根が真面目《まじめ》だよね』

「そんなふうに思ってたんですね、おれのこと……」

『変に真面目だって？　思ってましたよ。悪い意味でね』

「悪い意味……」

『だから、冗談ですって。ユーモアは大事でしょお？　そうは思いません？　ねぇ？』

久藤は東大卒の役人だが、偉ぶるでもなく剽軽《ひょうきん》で、なおかつ飄々《ひょうひょう》としている。下の者に向かって声を荒らげるような男ではない。

ただ、あの人は怒らせると怖い、というのがもっぱらの噂《うわさ》だった。根回しや裏工作の達人で、自分の領分を侵す者は断じて許さない。独身で、出世に興味がないから、余計に質《たち》が悪い。そんな評判を耳にしたことがある。

得体の知れない、鵺《ぬえ》のような人物だ。人当たりがよくて、口はうまいが、何一つ本当のことを話していないような印象を受ける。初めて顔を合わせた日から特案を辞めるまで、灰崎は一貫して久藤が苦手だった。

「えっと、久藤――さん、それで……ご用件は？」

『あぁ、そうでした、そうでした』

久藤の、ンフフ、という笑い声をしばらくぶりに聞いた。あの笑い方も灰崎は得意じゃない。もっと言えば、むかつく。久藤はたぶん、相手をむかつかせるとわかっている。わざとやっている節がある。

『何もねぇ、久闊《きゆうかつ》を叙するために電話したわけじゃあない。こっちもそこまで暇じゃないんでね。あなただってそうでしょう？　第二の人生。一生懸命、働いてらっしゃる。それなりに忙しいはずだ。違いますか？』

「……それは、まあ」

『だったらねぇ、灰崎《はいざき》くーん、あなた、余計なことをしなさんな』

急に久藤《くどう》の声が冷たくなった。微妙な変化ではある。久藤の顔にはおそらくまだ笑みが貼りついているだろう。でも、灰崎は息苦しかった。いきなり眼球に刃《やいば》を突きつけられたかのようだ。

『いいかい？　彼女のことはねぇ、大きな痛手でしたよ。あなただけじゃない。我々全体にとってね。あなたは立ち直れなかった。しょうがないよなぁ。責める気は毛頭ありません。だけどあなたは再就職を果たして、人生を立て直した。あっぱれですよ。まことに喜ばしい。これからも是非がんばってください。応援してますよ。だからねぇ、灰崎くん、我々の仕事に首を突っこまないでくれるかい？　そこはさぁ、善良な市民の領分じゃあないんだよ。言われなくたって、あなたはわかってるはずでしょお？』

「……中学生なんですよ」

よく言い返せた。灰崎は自分を褒めてやりたかった。我ながら、これくらいで自画自賛したがる甘さがいやになる。青臭くて、きっと甘すぎる考えなのだろうが、間違ってはいないはずだ。

「まだ子供です。おれたち大人が守らないと――」

『あなたの仕事じゃないと言ってるんだよ、灰崎くん、それとも何か？』

久藤は畳みかけてきた。

『カワウソに戻りたいのかい？』

灰崎は唇を舐《な》めた。それから、噛《か》んだ。

これは、どっちだ？

久藤は復帰を持ちかけているのか。それとも、灰崎をからかっているだけなのか。灰崎自身はどうなのか。子供たちを守れるのなら、特案に戻りたい。戻ってやる。その覚悟があるのか。それとも、自分には無理だと思っているのか。

『正直ね。どこもかしこも似たようなものだし、愚痴を言ったところで始まりませんけど、我々の予算も限られてるしねぇ。仮に湯水のごとく金が使えたって、適性のある人材がぽんぽん見つかるわけじゃないし』

「人、足りてないんですか」

『猫の手も借りたい状況は、あなたがいた頃と変わってないですよ。そこで、あなたがどうしてもっていうならねぇ？　たっての希望なら、検討に値しないとは言いませんよ。とりあえず外部協力者っていう形も、アリっちゃアリですしね』

「……少し」

灰崎《はいざき》が懸命に絞りだした言葉がそれだった。言いかけたところで、早くも灰崎は自身の優柔不断に失望していたが、返答を変える踏ん切りはつかなかった。

「考えさせてもらっていいですか」

『もちろん』

久藤《くどう》の態度からして予想していたのだろう。その場で、やらせてください、と言えるほど、灰崎逸也《いつや》は果敢な人間じゃない。見抜かれていたのだ。

『あ、そうだ。大事なことを言うの忘れてましたよ。一連の事件、うちとしても座視できないんで、手を打つことになりました』

「え？　はい？　手を打つって——」

『大人として子供の未来を守りたぁーい。ごもっとも。ごもっともです。おっと時間だ、時間。ちょっと私これから会議なんで。失礼しまぁーす』

「ちょ待っ、か、課長っ——」

『はぁーい』

久藤は一方的に電話を切ってしまった。

「……ふっ、ざっ、けっ——やがって……！」

灰崎はスマホを思いきり振りかぶった。床に叩《たた》きつけて、木《こ》っ端《ぱ》微塵《みじん》に破壊したい。

「スマホは、悪くない……」

なんとか思いとどまって、スマホを握り締めている右手をゆっくりと下ろした。

「だいたい壊したりしたら、出費がかさむし。保証期間、終わってるしな。保証期間内でも有償修理か。だろうな……」

灰崎は深呼吸をした。心を落ちつけようとしたのだが、湧き上がる苛々《いらいら》が止まらない。

「しかし、腹立つな、久藤課長。絶対、自分のペース乱さないし。冷静じゃなくなることあるのか、あの人。結局、言いたい放題なんだよな。手を打つって言ってたけど。事案化して動くってこと？　何を――」

誰かが用務員室のドアを叩いた。何か用事があれば、教員や一部の生徒が用務員室に訪ねてくることもある。灰崎は、どうぞ、と応じようとした。それより早く、ドアが勢いよく開いたので、「ひっ……」と面食らってスマホを取り落としてしまった。

「うぉっ！」

灰崎は慌ててスマホを拾った。ディスプレイは割れていない。見たところで、目立った傷もなさそうだ。ほっとしてドアのほうに視線を向けると、若い女性が立っていた。

「……へっ？」

二十代じゃない。十代だろう。それも、前半だ。この学校の生徒なのか。違う。知らない顔だ。第一、制服姿じゃない。私服だ。Tシャツに「THA ZEN」という文字がプリントされている。「THE ZEN」じゃない。「THA ZEN」だ。

女性の髪型は起き抜けさながらだ。整えた形跡がないので、髪型とは呼べないか。ヘッドフォンをつけている。灰崎《はいざき》を見るともなく見ている目はやや眠たそうだ。もしくは、灰崎を蔑《さげす》んでいるかのようだ。

女性は用務員室に入ってドアを閉めると、ヘッドフォンを外して首にかけた。

「おぁよ」

一瞬、灰崎は彼女が何と発音したのか、よくわからなかった。おはよう、と言ったのだろうか。もうちょっと声を張ってくれてもよさそうなものだ。

「えー……おはよう……ございます――って、え？　と……どちら様？　ですか……？」

彼女が口を動かして声を発した。ん、こ、え？　わからない。聞きとれなかった。だから、声を張ってくれ。初対面でそんなことも言えないから、灰崎は手で耳の後ろにラッパを作って訊《き》き直した。

「どちら様で……？」

女性は白目を剥《む》きかけた。いや、そうじゃない。眼球だけ動かして上を見たのだ。同時に、はぁ、と息をついた。

めんどくさい、という心の声が聞こえたような気がした。だっるっ、かもしれない。それか、うつざっ、だろうか。中学生にしつこくすると、たまにそんな言葉をぶつけられる。灰崎は、まあ生意気盛りだし、と自分を慰めるのだが、あれは地味に傷つく。

「転校生」

今度はそこそこ大きな声だった。女性にしては低音で、少しハスキーな、特徴のある声質だ。

「急だったんで、制服はまだ用意できてないけど」

「……転校生。あぁ、なるほど……」

灰崎は首をひねった。なるほど、じゃない。ここは用務員室だ。

「あのね、職員室なら——」

「聞いてない？」

転校生は灰崎が手に持っているスマホを指さした。

「久藤《くどう》課長から」

「いえ？　何も……聞いて？　課長？　久藤……って——」

灰崎は目を剥いた。

「なっ、なななんで特案のっ——管理課課長の名前を……!?」

「こんな子供が知ってるのかって？」

転校生は作業机に歩み寄った。さっと机の表面にふれて、汚れていないことを確認したのか。転校生は作業机に腰を引っかけた。

「なんでだと思う、おじさん？」

「おじっ……」

中学生に囲まれていると、おじさん呼ばわりされることも少なくない。実際、中学生にしてみれば、どこからどう見ても灰崎《はいざき》はおじさんだろう。おじさんだと自覚してはいる。そうはいっても、まっすぐおじさん扱いされると若干切ない。

「……まさか、きみは――特案の関係者？　とか？　なの……？」

「トクアントクアンって、平気で口に出すのはどうなんだろ」

転校生は軽く肩をすくめた。

「うちらはたいてい、生花店とかって呼ばれてるんでしょ」

「……です、ね」

つい敬語になってしまった。灰崎は咳払《せきばら》いをした。

「きみは、でも、中学生……なんだよね？」

「花の十四歳」

転校生はおもしろくもなさそうに鼻を鳴らして短く笑った。

「生花店勤務だけに？」

「……おれが――私が在職してた頃は、子供を現場に出したりはしなかったよ。現場どこ

ろか、総務課や情報処理課にだって、未成年者は一人も……」

「それだけ人手不足が深刻なんじゃない。ただ、こういう現場だと、おじさんが言う子供のほうが動きやすかったりもする」

「動くって——何をするつもりなんだ、きみは」

「モニカ」

「……え？」

「浅緋萌日花《あさひもにか》」

転校生は指先で宙に五文字の漢字を書いてみせた。

「名字は偽名で、適当だけど」

「萌日花……さん」

「下の名前で呼ぶの？　馴《な》れ馴《な》れしい」

「ご、ごめん」

「いいけど」

「いいんかーい……」

灰崎《はいざき》が小声で言うと、浅緋萌日花はわずかに目許《めもと》をゆるめた。けれども、すぐに彼女はもとの気だるげな表情を取り戻した。

「任務《仕事》の内容は言えない。おじさん、部外者だし」

「……じゃあ、なんで」

「一応、挨拶」

萌日花は作業机から離れてドアのほうへと歩きだした。

灰崎は肩を落とした。そっすか、としか言えない気分だった。かといって、特案の関係者らしいが中学生の前で、そっすか、などと口にするのは、大人としてみっともない。

「あぁ、あと――」

萌日花が振り返った。

「課長にもう言われてるだろうけど、念のため」

「……何すか？」

いい大人が中学生に向かって、何すか、はどうかと思う。そっすか、と同程度によろしくない。灰崎は心底凹《へこ》んだ。

「手伝う気がないなら邪魔はしないでね、おじさん」

心なしか、おじさん、の部分を強調する発音の仕方だったような気がする。

萌日花が用務員室から出ていった。

「おじさんは邪魔かよ……」

灰崎はスマホを作業机に置いた。そんなことをするつもりはなかったのだが、叩《たた》きつけてしまった。ディスプレイ側を下にしたので、万が一ということもある。見てみると、デイスプレイにうっすらとヒビが入っていた。

「嘘《うそ》でしょ……」

#0-4_shizukudani_rukana/ 尊さ

この頃、雫谷《しずくだに》ルカナは決まった時間に登校する。

以前はだいたい授業が始まったあとで職員用玄関から学校に足を踏み入れていたし、そうすることを特別に認められていた。けれども、最近は違う。校門へと向かう中学生たちの中に、ルカナもまじっている。

中学生たちの列に加わっていても、ルカナは一人だ。

一人でも、ひとりじゃない。

ルカナのすぐ横を、目が四つもあるサイファが、四本の脚をわさわさ動かして静かに前進している。

もちろん、ルカナがこの時間を選んでいるのには理由があった。さっきから、ルカナの十メートルくらい前方を三人連れの女子生徒が歩いている。そのうちの一人、真ん中の女子生徒を、このところ毎朝観察しているのだ。

その女子生徒は昔からやせっぽちで、肩幅が狭い。まっすぐな黒い髪の長さも小学生時代から変わっていない。でも、朝からあんなふうに何人かで連れ立って歩くような子じゃなかった。そんなことは絶対にできない子だった。

あの子が左右の女子生徒に相槌《あいづち》を打ってみせたり、何か言葉を返したり、ちょっと笑ったりするたびに、ルカナは思う。

「無理しちゃって。

ルカナは知っている。あの子の本質を理解しているのだ。左右の女子生徒はあの子の同級生で、友人なのだろう。しかし、二人ともあの子のことをよくわかっていない。わかるわけがない。

あの子はずいぶん変わった。小学生の頃は日がな一日、虫を追いかけ回したり、虫の絵を描いたりしていた。こだわりが強すぎるほど強くて、自分の興味があること以外、まともに話せない。不気味がられていて、完全なのけ者だった。疎外されてもしょうがないような変人だった。

あの子は変わろうとして、実際、変わったのだろう。きっと、努力して愛敬《あいきょう》を振りまけるようになった。他人と話を合わせることも覚えた。そうはいっても、所詮は上辺だ。いきなり別人にはなれない。

あの子の肩の上あたりを、二羽の小さな蝶《ちょう》がひらひらと飛んでいる。

一緒にいる女子生徒たちは気にならないようだ。周りの中学生たちも。それどころか、あの子自身さえ。

あの子は昆虫採集が趣味で、つかまえた虫を自分の手で標本にしていた。虫の中でもとくに蝶が好きだった。肩の上を飛ぶ蝶に気づかないなんて、どうかしている。あの子はそこまで変わってしまったのだろうか。

あの子はルリタテハという蝶をことさらに愛していた。ルリタテハの黒い翅《はね》には鮮やかな瑠璃色の帯模様が入っている。ちょうど今、あの子の首の後ろを通って、左肩の上まで移動しようとしている二羽の蝶のように。

見えていないのだ。

あの子にも、他の誰にも。

ルリタテハに似たあの二羽の蝶は、ルカナだけにしか見えていない。

だからといって、幻じゃない。そもそもあれは、蝶のようでいて蝶じゃない。

絡まり合うようにして飛んでいた二羽の蝶のような人外が、不意に別れ別れになった。一羽はあの子の左肩の上を通りすぎ、左隣にいる女子生徒のほうへ。もう一羽は後戻りして、右隣の女子生徒のほうへと近づいてゆく。

左隣の女子生徒は髪の毛を短くしている。彼女のうなじに蝶のような人外が止まった。右隣の女子生徒はロングヘアだ。伸ばした髪を耳にかけている。もう一羽の人外蝶はその耳朶《みみたぶ》に止まった。

二羽の人外蝶は翅を広げたまま休んでいるかのようだ。もしくは、蜜や樹液を吸っているかのようでもある。

ただし、人外蝶《ちょう》が止まっているのは花でも木でもない。人間だ。

三人連れが校門を通過した。二羽の人外蝶はまだ動かない。三人が校舎の玄関に吸いこまれてゆき、ルカナからは見えなくなった。結局、二羽の人外蝶は最後まで女子生徒たちに止まったまま、微動だにしなかった。

ルカナは職員用玄関から校舎に入った。シューズバッグから上履きを出し、外履きと履き替える。保健室に向かう途中、手首の裏側で口を押さえた。我慢しようとしたのだが、こらえきれない。ルカナはつい笑ってしまった。

「順調に育ってる。イトハの人外……」

いい結果が出ている。

続々と。

この調子だ。

ルカナは一つ息をついて保健室のドアを開けた。驚きよりも当惑がまさった。

養護教諭の椅子に別の人物が座っていた。鍔《つば》のない帽子を被《かぶ》り、マスクをつけている。手が大きい。長靴を履いている。

「——せ、清掃員……」

「ドアを閉めて」

声がした。清掃員の声じゃない。ルカナが知る限り、清掃員はしゃべらない。底深くてやわらかな響きの、これ以上ないほど心地よい声音だった。ベッドだ。ベッドのほうから聞こえてきた。

ルカナは保健室に入って、言われたとおりドアを閉めた。保健室にはベッドが三台あって、カーテンで仕切れるようになっている。

奥のベッドに白いシャツを着た男が腰かけていた。ルカナは心臓が止まりそうになった。たぶん一瞬、止まった。ルカナは一度死んで、彼が蘇《よみがえ》らせてくれた。

「S様……！」

目がちかちかした。耳鳴りがする。ルカナは地面がぐらんぐらんと揺れているように感じた。ルカナがSと呼んだ男は端整な顔に微笑《ほほえ》みを浮かべている。Sは非現実的なくらいすらりとしていて、中学生の男子たちとはまるで違う。比べ物にならない。たとえば、イケメンなどというありきたりで軽薄な言葉はSに似つかわしくない。どんな表現だったらふさわしいのか。少なくとも、ルカナにとっては高貴な人だ。神聖ですらある。

四本脚のサイファがルカナの右脚に絡みついてきた。ルカナを落ちつかせようとしているのだろう。冷静にならないといけない。ルカナもそれはわかっている。でも、無理だ。だって、Sがいる。来てくれた。清掃員だけならともかく、なぜS本人が。予想外だ。予想できるはずがない。

「ど、どうして、S様、なんで、がっ、学校に……」

「ちょっとね。用事があって」

Sはベッドから立ち上がって顎を引いてみせた。おいで、というふうに。そんな仕種《しぐさ》ではあったけれど、ルカナは信じられなかった。ありえるだろうか。Sがルカナを、おいで、と招いたりするなんて。

「それから、ルカナ、きみに会いたかったんだ」

「あっ、会いたっ……かっ……」

ルカナはおぼつかない足どりでSに歩み寄っていった。会いたかった。それはルカナのほうだ。

清掃員が立ち上がって、座っていた椅子を移動させた。

「さあ」

Sにうながされ、ルカナは繰り返しうなずきながら椅子に腰を下ろした。Sは立っているのに座るなんて畏れ多い。けれども、Sの指示だ。従うしかない。

Sはルカナのすぐ前で床に片膝をついた。ちらりと思った。ルカナと目の高さを合わせたくれたのだ。こんなことがあっていいのだろうか。サイファはどこに行ったのだろう。ルカナのそばにはいない。どうせそのへんにいる。今はどうだっていい。

「手を出して、ルカナ」

何を言われても、Sには逆らえない。ルカナが両手を差しだすと、なんということだろう。Ｓが自分の手で、ピアニストのように指が長い、滑らかな左右の手で、ルカナの子供っぽい両手を包みこむように握ったのだ。Ｓの手はさらりとしていた。乾いてはいないのに、水気を一切感じない。ルカナはその逆だった。掌《てのひら》にじっとりと汗がにじんでいるのが自分でもわかる。

「ご、ごめんなさい、あたし、緊張すると、手汗が……」

「気にすることはないよ。ゆっくり息をして。深呼吸をしよう。ほら。僕に合わせて」

Ｓが口をすぼめて、すう、ふう、と呼吸してみせる。ルカナはＳの真似《まね》をした。魔法のようだった。程なく動悸《どうき》が収まって、全身のこわばりが解けてきた。

「ルカナ、きみはよくやっている。とてもね」

「……本当、ですか」

「もちろん本当だとも」

Ｓはゆるやかに握っているルカナの両手に鼻先を接近させた。ルカナは手指でＳの吐息を感じた。また胸が高鳴りはじめた。

「十分よくやってくれているし、僕が思うに、もっとできる。ルカナ、きみには可能性があるんだ。すごく大きな可能性が」

「あたしに、可能性が」

「きみは、特別だからね」

「特別……あたしは」

「そうだよ」

Sは頭《こうべ》を垂れた。手の甲にSの頭髪がふれて、ルカナは気が遠くなった。それだけでも一大事なのに、Sは額をルカナの指に押しつけた。

「きみならできる。期待しているよ、ルカナ。僕はいつ、も、き、み、を見守っ、て、い、る、か、ら――」

＃0-5_otogiri_tobi/ ざぜんの心得

「ううう……」

バックパックが呻《うめ》いている。

「腹減ったァ……」

だから、うるさいって。

弟切飛《おとぎりとび》はバクを蹴飛ばしたくなった。でも、朝の教室でいきなりそんなことをしたら変なやつだ。舌打ちを寸前でこらえて、ため息をつく。なんとなく右のほうに目をやったら、廊下側の席から白玉龍子《しらたまりゅうこ》がこっちを見ていた。眉根を寄せ、唇をへの字に引き結んでいる。なんとも心配げだ。

「お龍《りゅう》ぅ」

バクが哀れっぽい声で訴えた。

「オレを助けろォ。なんか食わせてくれぇ……」

龍子は「何か……」と小声で呟《つぶや》いて頭を抱えた。席が近かったら、声、出ちゃってるけど、と注意しているところだ。とはいえ龍子は悪くない。元凶はバクだ。怒るぞ、本当に。飛がすごんでみせたところで怯《ひる》むようなバクじゃない。困った。

困り果てていると、チャイムが鳴った。教室の戸が開いた。

二年三組の担任、赤いジャージとハリネズミのように逆立てた頭髪がトレードマークの針本《はりもと》先生が教室に入ってくる——と思いきや、違った。

何人もの生徒たちが「え？」と言った。飛《とび》は声こそ発しなかったが、呆気《あっけ》にとられていた。

女子だ。針本先生じゃない。年恰好《としかっこう》からして教員でさえない。

制服を着ていない。中学生じゃないのか。髪の毛がもさっとしている。寝て起きたままという感じだ。ヘッドフォンを首にかけている。彼女が着ているTシャツにプリントされた文字がちょっと気になった。「THA　ZEN」とある。

「ざぜん……？」

龍子《りゅうこ》が呟《つぶや》いた。ちょうど飛も声には出さずに、ざぜん、と読み上げたところだった。まるで思考が龍子とシンクロしているみたいだ。微妙に恥ずかしい。

ざぜん女子がじとっとした眠たそうな目で龍子を一瞥《いちべつ》した。一瞬、見ただけだった。彼女は教卓のところまで歩いてゆくと、そこで足を止めて教室の中を見回した。

飛と目が合った。

ざぜん女子の片眉と口許《くちもと》がぴくりと動いた。あれはどういう表情なのか。飛にはわからなかったが、ふと思った。彼女は飛のことを知っているのかもしれない。なぜ飛はそんな発想に至ったのだろう。いずれにせよ、飛は彼女を知らない。まったく見覚えがない。

ざぜん女子はチョークを持って黒板に向かった。

浅緋萌日花

なかなか威勢のいい書きっぷりだった。

「読み方は、あさひ、もにか」

ざぜん女子はチョークを置いて、またこちらに向き直った。

「よろしく」

「ちょっ、浅緋《あさひ》さん……！」

赤ジャージのハリーこと針本が教室に駆けこんできたのは、まさにそのときだった。

「突然いなくなって、どこに行ったのかと思ったら……！」

「あぁー」

浅緋萌日花《もにか》は頭をぼりぼり掻《か》いた。

「なんか、転校生が先生より先に自己紹介するパターンって、あんまなさそうだし。どうなるかなって」

「こ、好奇心旺盛なのは、先生、いいことだと思うんだが……」

よほど慌てていたようで、針本は大汗をかいている。

「やってみたら、この空気」

浅緋《あさひ》は肩をすくめて、ははっ、と笑うでもなく笑ってみせた。

「もしかして、スベった？　私」

「……そういう問題か？」

バクが言った。飛《とび》も同感だ。浅緋は「むー」と首をひねっているが、ウケたとかスベったという次元の話じゃない。二年三組の生徒たちはひたすら驚き戸惑っている。

「ま、まあ、とにかくそういうわけで！　突然だが……」

針本《はりもと》が咳払《せきばら》いをして浅緋に歩み寄った。

「今日からみんなと一緒に勉強することになった、浅緋萌日花《もにか》さんだ。親御さんの都合で急に決まったとのことで、制服の用意なんかはこれからなんだが……」

「先生ぇ」

浅緋が右手を肩の下くらいまで上げた。かなり省エネな挙手だ。

「ん、な、何だ？」

「私の席は？」

「お？　そうか、そうだな、席が必要だよな、席……」

「いくつか空いてるけど」

二年三組には本来、三十六人の生徒が在籍している。浅緋は四つの空席を順々に指さしていった。その指し方もざっくりしていた。なるべく体力を使いたくない。そんな雰囲気を端々から漂わせている。

「今日って休みの人、多め？」

「……あぁ、いや……それは……」

針本は口ごもって目を泳がせた。教室は静まり返っている。

休みが多い。そのとおりではある。間違ってはいない。

最後列の一つは保健室登校で教室に姿を見せない雫谷《しずくだに》ルカナの席だから、これは休みとは違う。でも、窓際の一番後ろは高友未由姫《たかともみゆき》の席で、彼女は入院中だ。まだ意識が戻らない。最前列の席も一つ空いている。紺《こん》ちあみは自宅で静養中だ。それから、正宗《まさむね》こと正木《まさき》宗二《しゅうじ》もすぐに登校できるような状態じゃない。当然、欠席している。

色々あったし、あらためて振り返ると、みんなそれぞれ思うところがあるだろう。

飛も複雑な心境だ。

二年三組で起こった一連の出来事には、紺と正宗の人外が関わっていた。

そして、その紺と正宗の人外を、他でもない、バクが食べたのだ。

「後ろがいいな」

浅緋は顎をしゃくって遠くのほうを示した。指さすのも面倒になったのだろうか。

「一番後ろ。全体が見渡せるし」

「……一人は怪我《けが》をして、入院中で……もう一人の生徒は、保健室登校をしてな」

針本《はりもと》が言いづらそうに説明した。

「誰も座ってない、その他の席二つは、病欠だ。そもそも、浅緋《あさひ》のために机と椅子を用意しないといけなかったな。先生も、知らされたのは今朝だったから、そこまで手が回らなくて。すぐ灰崎《はいざき》さんに頼んで――」

浅緋は「じゃ」と教室の戸をちらりと見た。ぱっと行ってこい、と言わんばかりに。

「そうしてください」

「うん、そうだな……」

「私は立ってるんで」

「これは、急いだほうがよさそうだな……」

「そうしてもらえると」

「ま、待っててくれ。すまんな、浅緋」

「なんなら、さんを付けてもいいですよ、針本先生」

「わ、わかった、浅緋さん……」

針本は駆け足で教室から出ていった。

方々から「怖っ……」とか「やばっ……」といった声が同時多発的に上がって、ざわめきは大きくなったり小さくなったりしながらも消えそうにない。

浅緋は腕組みをして、ぼんやりとそこらを眺めたり、だるそうに首を左右に曲げたりしている。何も気にならないのか。かなり神経が図太いようだ。

「なんか……」

バクが、へへッ、と笑った。

「すげえヤツが転校してきやがったなァ？」

偶然だろうか。

浅緋が飛《とび》のほうに目を向けて、片方の眉と唇の端を動かした。にやりと笑ったように見えなくもなかった。

たまたまかもしれない。でも、バクがしゃべった。その直後だった。

＃１／
虚実の果てまで
何万里
liar sincere lie

罪に塗れ其の罪に気づかぬ儘《まま》いる俗人を放置して傍観者の立場を貫けば、僕らも結局の所、同罪と云う事になりはしないか？　其の罪を洗い流す事を恐れて只手を拱《こまね》いているより、己が手を汚す事さえ厭《いと》わなければ、世界を変えることすら僕らにはできないかな？

――「X-fes.」Sの発言

#1-1_otogiri_tobi/ お子様ランチは食べられない

机と椅子を抱えて汗まみれの針本《はりもと》先生が戻ってくると、浅緋萌日花《あさひもにか》が指図して窓際の一番後ろ、高友未由姫《たかともみゆき》の席のさらに後ろまで運ばせた。反対する者もとくにいなかったので、とりあえずそこが転校生の席になった。

飛《とび》の席は窓際の前から三番目だ。ほぼ真後ろを振り向かないと、浅緋の姿は見えない。わざわざ見る必要もないのだが、なんだか妙に気になった。とはいえ、見たら見たで差し障《さわ》りがありそうな気もする。根拠らしい根拠はない。でも、何かあまりよくないことが起こりそうだ。

一時間目の授業が始まると、国語担当の教員が、隣の生徒に教科書を見せてもらうよう浅緋に言った。転校生への指示としてはまず妥当だろう。

「いいです」

ところが、浅緋はあっさり拒んだ。

「あなたの話、よく聞いてるんで、しっかり授業してもらえれば大丈夫」

「……そうか」

教員のほうも、やけにあっさり引き下がった。気弱な先生じゃない。わりとはっきり物を言うタイプなのに、まるで浅緋《あさひ》に気圧《けお》されているかのようだった。

あの転校生には一種の迫力のようなものが備わっている。高圧的かというと、そういうわけでもないのだが、触らぬ神に祟《たた》りなし、というか。たとえば、お化けが出るとは思っていなくても、夜の墓地には足を踏み入れたくない。なんとなく不吉な感じがする。転校生がまとっている気配は、それにちょっと近い。

一時間目、二年三組の生徒たちはいやにおとなしかった。間違いなく転校生のせいだ。生徒だけじゃない。バクまで黙りこくっていた。転校生の様子をうかがおうとする者さえほとんどいないとなると、これはもう異常事態といっても過言じゃないだろう。

授業が終わっても、教室は白けたままで活気がない。

飛《とび》は体を少し横にずらして振り向いた。

転校生の顔は見えなかった。自分の腕を枕にして机に突っ伏している。おかげで、ほとんど髪の毛しか見えない。

「あいつ、全体見渡せるからだとか何とか、偉そうな口たたいてなかったか……？」

バクが呆《あき》れたように言った。

瞬間、転校生の毛髪がうごめいたように見えた。

偶然なのか。

もしかすると、偶然ではないのかもしれない。

龍子《りゅうこ》が教室の後ろのほうを行ったり来たりしている。龍子のことだ。転校生に声をかけようとしているのだろう。声をかけたいが、相手がただの転校生じゃない。それでなかなか踏ん切りがつかないのか。

飛が所属する学級に転校生が来たのは、これが初めてじゃない。興味がなかったから、はっきりとは覚えていないけれど、たしか過去に二度あったと思う。薄い記憶だが、過去の転校生たちは質問攻めに遭うなどして人気を集めていた。

普通の転校生なら、今頃、人の輪ができていてもおかしくない。

転校生が浅緋萌日花《もにか》だから、通夜か何かのような状況になっている。

浅宮忍《あさみやしのぶ》が近づいてきた。

「なんか、あれだよな……」

「あれって？」

「字がさ、一文字同じ」

「浅？」

「そう」

浅宮はえらく渋い顔をしている。どうやら転校生にいい印象を持っていないようだ。

「ミユの——高友《たかとも》の席、あんなふうに……」

浅宮が何を言わんとしているのか、飛には最初、わからなかった。少し考えて、ぼんやりと理解できた。

浅宮《あさみや》は入院中の高友《たかとも》と家が近所で幼馴染《おさななじ》みらしい。浅緋《あさひ》は高友の席の後ろに無理やり自分の席を設《しつら》えた。高友が戻ってきても、あれだと狭くて座れない。

転校生に悪意があったとは、飛《とび》には思えない。かといって、転校生を弁護する義理はない。転校生の肩を持ったら、浅宮を傷つけることになりそうだ。それも気が進まない。

浅宮は心の底から高友の身を案じているのだろう。しかし、同級生たちの多くはそうでもない。飛も同じだ。心配するほど、飛は高友未由姫《みゆき》という人間のことを知らない。

ただ、浅宮を励ませれば、とは思う。

何をどう言えばいいのか。

高友、早くよくなるといいね、とか？

そんな言葉は口にできない。

「ごめん、弟切《おとぎり》」

浅宮がうつむいてか細い声で謝った。

「俺、変にイラついて……」

「いいんじゃない？」

「え？」

「イラつくの、変じゃないよ」

飛はどうしてか浅宮の顔をまともに見ることができなかった。教室の後ろに目をやると、龍子《りゅうこ》はまだ進んだり後退したりしている。

「浅宮は変じゃないと思う」

「……うん」

浅宮は洟《はな》を啜《すす》った。それから、ごまかすように短く笑った。

「けどさ、あれは変だよな。白玉《しらたま》——」

「あぁ……」

飛も否定できなかった。

だいたい龍子は変な人だし、あの行ったり来たりは完全に奇行だ。

「でも、本人は真剣なんだろうし」

「だったら、止めるのも悪いか」

「どうだろ……あ——」

今、龍子が二歩、一気に前進した。かなり転校生との距離を縮めた。このまま行くのか。行けるのではないか。

けれども次の瞬間、龍子は二歩下がって、自分の意気地のなさに落胆したのか、がっくりと肩を落とした。

飛は浅宮と目を見あわせた。

あと一息だったのに。

「な……」と浅宮《あさみや》が言って、飛《とび》は「うん……」と応じた。

その後も十分休みのたびに龍子《りゅうこ》は転校生との接触を試みた。ただの一度も成し遂げられないまま、午前の授業は終わった。

+++ + ++++

突如として転校生が現れようと、飛の日常が変わるわけじゃない。給食はいつもどおり主食以外をあっという間に平らげた。飛はコッペパンを手にバクを引っ担いで、さっさと教室をあとにした。

立入禁止になっていた中庭には入ることができた。でも、屋上に上がる気にはさすがになれない。中庭には背もたれのないベンチが数台ある。飛はバクを肩に掛けたまま一台のベンチに腰かけて、コッペパンを食べはじめた。

「いいよな、飛。おまえはよォ。時間になりゃ、飯にありつけるんだから。けどよ。それってめちゃくちゃ恵まれてて幸せなんだってこと、ちゃんと理解してんのか？　どんだけ腹が減っても食い物にありつけねえオレみたいなヤツが、世界にはゴマンといる。ゴマンどころじゃねえ。億単位でいるんだよ。わかってんだろうな。どうなんだ、オイ？」

「……うるさいな、ほんと」

「いいや。うるさくはねえはずだ。オレは元気がねえ。本調子じゃねえからな。何しろ、すさまじく腹ぺこだからよ。だから、しょんぼり、しょんぼりしてる。今のオレはしょぼしょぼだよ。うるさくする力も正直ねえ。腹減りバクなんて静かなもんさ」

「どこが静かなんだか」

　バクがべらべらまくし立てている間に、飛はコッペパンを食べ終えてしまった。

「声量が普段のオレ比で七割減だろ？」

「十分やかましいんだけど……」

「それじゃ、黙るぞ」

「お願い」

「ほォ？　いいんだな？　オレが黙っちまって、本当にいいんだな？　後悔しねえか？」

「しないって」

「絶対か？」

「うん。絶対」

「嘘《うそ》だな！　飛、おまえは必ず後悔する。オレが言うんだから間違いねえ。後悔するってわかりきってることを相棒のおまえにやらせるほど、オレは非情な鬼じゃねえからな。黙りこくってるのは退屈だし……」

「ずっと黙っていられるとは思えないしね」

「いられるわ！　余裕だわ！　三日か二日か一日か半日くらいなら全然いけるっつーの」

「だんだん減ってるけど」

「おまえが寝てる間は、いつも黙っててやってんだからな？」

「そういえばそうか。だったら、バクが黙ってられる限界は七時間ってとこ？」

「八時間はなんとかいけるだろ」

「半日は無理なんだ……」

人の気配がしたので、飛《とび》は口をつぐんだ。見ると、校舎の中からではなく中庭の向こうにある駐車場のほうから、作業着姿の男が歩いてくる。

「オッ。灰崎《はいざき》じゃねえか」

「……こんにちは」

灰崎は作り笑いと困り顔の中間のような表情を浮かべて会釈をした。

この男が単なる用務員じゃないことは飛も知っている。人外が見える用務員だ。見えるだけじゃない。灰崎にはオルバーという名のイタチみたいな人外がいる。どうやら人外について詳しいらしい。気が向いたら自分を頼ってくれ。そんなことを言っていた。

この用務員と、飛はどう接したらいいのか。正直、よくわからない。灰崎も迷いのようなものがあるのだろうか。妙に中途半端な態度だ。

「僕に何か用？」

「……ああ、うん。そうだね。ええと、そうだ。きみのクラスに、転校生が……」

「来たね。今朝」

「その――転校生のことなんだけど……」

灰崎は腕組みをして顔をしかめた。

「いや、でも、これは、ううん……」

「何だ、コイツ？　どっか悪いんじゃねえのか？」

バクがせせら笑いながら言った。たしかに灰崎は様子がおかしい。校舎から中庭に出られる通用口にその転校生が姿を見せると、よりいっそう挙動不審になった。

「げっ」という声を発して、灰崎は身構えた。すぐに、いやいや、と首を横に振り、飛を見る。何か言いかけたが、何も言わずに両手で自分の腿《もも》をさすった。猫がびっくりしたあと、気を取り直そうとして毛づくろいする。あの仕種《しぐさ》にどこか似ていた。

給食の時間はまだ終わっていない。それなのに、転校生が現れた。ここでコッペパンを食べていた飛が言えた義理じゃないけれど、どうして、という疑問は湧いた。それに、なぜ転校生は飛と灰崎めがけてまっすぐ歩いてくるのか。

灰崎の反応も変だった。ひょっとして、二人は知り合いなのだろうか。初めて登校した転校生と、この中学校の用務員。なんだか不思議な組み合わせだ。

転校生は飛《とび》が座っているベンチのあいているところに腰を下ろした。それから、眠たそうな目を飛に向けた。

「ここ、いい？」

「……もう座ってるでしょ」

「そうだね」

浅緋萌日花《あさひもにか》は片手で口を押さえてあくびをした。手をどかさずに、もごもご「きみは正しい」と付け足した。

「あ――」

灰崎《はいざき》が意を決したように胸を張って、転校生に声をかけた。

「あぁ、浅緋さん。まだ、その……あれだよ？　給食の……時間、だよ……」

「なんで私にだけ言うの？」

浅緋はベンチに両手を押しつけて、汚い物でも見るような眼差《まなざ》しを灰崎に注いだ。

「おじさん」

「……おじさん、ですけどね？　事実ね……」

灰崎は肩をすぼめた。虚勢を張ろうとしたり、萎縮したり、忙しい大人だ。

「おじさんなの？」

飛が訊《き》いてみると、灰崎は「え？」と要領を得ていないようだったが、浅緋は微《かす》かに苦笑いをした。

「そう見える？」

「んん？　あぁ……」

灰崎も飛の質問を正確に理解したらしい。慌てて「違う、違う」と手を振った。

「血縁関係とかはないよ？　遠い親戚とかでもないし。そういうおじさんじゃないから。何だろう、つまり、ただのおじさん。他人の、中年男性。中年……まだその域には入りこんでないと思いたい……」

「でも、花の十四歳から見ればね」

この浅緋萌日花という女子は、なんともとらえどころがない。灰崎を小馬鹿にしているようでもあるし、その反面、灰崎に一定の親しみを感じているようでもある。二人はまったくの赤の他人同士なのだろうか。飛にはそうは見えない。だとしたら、何なのか。

そもそも、なぜ浅緋は今、ここにいるのだろう。

「学校って変な場所」

浅緋がぼそっと言った。

「年頃が同じってだけで、てんでんばらばらな子供たちが、一箇所に集められて、同じことをさせられる。効率はいいのかもしれないけど、たまったもんじゃない」

誰に向けた言葉なのか。尋ねたいような気もする。でも、この転校生にはあまり関わりたくない。明らかに厄介な人間だ。

「まあ……」

灰崎《はいざき》は咳払《せきばら》いをした。

「集団行動はね。ある程度は必要というか。社会的な動物だしね。我々ホモサピエンスは。最低限の社会性を養うには、適当な制度というか……」

「おじさんがまっとうっぽいこと言って、大人ぶろうとしてる」

「わ、私は大人だよ？　れっきとした社会人だよ……」

「自信なさそう」

「あるさ！」

灰崎の勢いがよかったのは最初だけだった。

「……あるよ。ちゃんと生計を立ててるし。自炊だってしてるし」

「料理するんだ、おじさん。意外」

「こう見えて、けっこうまめにやってるからね。そんなに悪くないものだって作れるんだ。お好み焼きとか、たこ焼きとか」

「粉物ばっか」

「好きなんだよ！」

「飛《とび》は？」

いきなり転校生が話を振ってきたので、思わず「僕は――」と答えてしまいそうになった。飛は何を答えようとしたのか。質問の内容は？　その前に、浅緋萌日花《あさひもにか》は今、飛のことを何と呼んだのか。

「……飛？」

飛は自分を指さしてみせた。

転校生はうなずいた。

「飛」

「……なんで？」

「何が？」

「や――」

飛はよくよく考えてみた。バクも「ぬぬ……？」と首をひねっている。バックパックに首があれば、だが。浅緋はじっと飛を見つめている。一点を注視しているというより、飛の全身を観察しているような目つきだ。

「……名乗ってなくない？　僕」

「そうだっけ？」

浅緋は表情を変えない。これっぽっちも。変だ。学校を変な場所だと浅緋は言った。でも間違いなく、学校なんかよりこの転校生のほうがずっと変だ。

チャイムが鳴った。給食の時間が終わった。昼休みだ。

「おじさん、ここでずっと油売ってるけど――」

浅緋《あさひ》が肩をすくめてみせた。

「そんなに暇なの？」

灰崎《はいざき》は渋面を作って額を両手で押さえた。

「……そうだ。仕事しなきゃ」

「がんばって」

浅緋が蠅《はえ》か何かでも追い払うように手を振ると、灰崎はとぼとぼと去っていった。

やがて生徒たちが中庭のそこかしこで談笑したり、走り回ったりしはじめた。校舎の通用口から、出てきては引っこんで、また出てきたと思ったら引き返す、あのお団子髪の女子生徒はいったい何をやっているのか。

「お龍《りゅう》……」

バクが言いかけて、バックパックのくせに、「ハァァ……」とため息をついた。

浅緋が低く喉を鳴らした。笑ったのだろうか。見ると、浅緋は通用口のほうに目をやっていた。脚を組んで前屈《まえかが》みになり、自分の膝に頬杖《ほおづえ》をついている。

「名乗ってないよ、僕」

「うん」

#1-2_shiratama_ryuko/ 誰の所為で

たぶん、疲れているせいだ。

今日は朝から色々なことがあった。たくさんのことがありすぎて、具体的に何があったのか、思い返そうとしても浮かんでこない。

息が弾んでいる。歩幅が広すぎるのかもしれない。龍子は腕を大きく振って、無人の廊下を歩いていた。きびきび歩いている姿を見せつけるように。誰も見ていないのに、誰かに見張られているかのように。龍子以外、誰もいないのに。

足を止めると、思った以上に呼吸が乱れていた。龍子は中腰になって両手で膝を押さえた。しばらく前から頭がぐらぐらする。お腹《なか》も痛い。トイレに行きたいような痛みじゃなくて、胃や腸が重く、硬くなっているみたいな感じがする。無理して給食を食べなければよかった。むかむかする。吐き気がするけれど、吐きたくてもきっと吐けない。

ポシェットが震えている。中でチヌラーシャが暴れているのだ。

「ごめんね、チヌ……」

大きくなってきたチヌにとって、この赤いポシェットは小さすぎる。狭苦しくてたまらないのだろう。

「でも、わたし、保健室に行かないと……」

何が、でも、なのか。よくわからない。とにかく龍子《りゅうこ》は歩くことにした。歩かないことには保健室に辿《たど》りつけない。

どうも具合が悪いと自覚したのは、午後の授業が始まってからだ。

昼休みまではそれどころじゃなかった。転校生の浅緋萌日花《あさひもにか》に話しかけたくて。けれども、彼女は近寄りがたい人だった。そんなふうに見えるだけかもしれない。急に転校が決まったようだし、環境が変わることへの心構えができていなかったとか。それか、他者と打ち解けるのがあまり得意じゃないのかもしれない。知らない学校で、友だちがいないよりはいたほうがいいはずだ。でも、本当に他人に興味がないのかもしれない。人それぞれだ。一人が好きな人だっているだろう。龍子は勝手に、新しい学校での友だち第一号に名乗りを上げようとしている。浅緋さんにとっては迷惑なだけかもしれない。

決定的だったのは、昼休みだ。

給食時間中に、浅緋さんは針本《はりもと》先生の制止を無視して教室から出ていった。

龍子は給食を終えてから浅緋さんを捜した。

どうして真っ先に中庭へと直行したのか。

龍子自身、とくに意識していなかったけれど、飛《とび》がいつものようにパンとバクを持って教室を飛びだした。そして、給食の途中に浅緋さんも。あのとき、あれ?と思った。

時間差はあったけれど、浅緋さんは飛を追いかけていった。なんとなく、ぼんやりと、龍子はそう感じた。

果たして、二人は中庭にいた。

しかも、同じベンチに腰かけていた。

二人の距離は、並んで座っている、という表現が適当なほど近くはなかった。中庭のベンチは四人か、詰めれば五人、座れる。そのベンチの端と端だ。たまたま同じベンチに座っている。そんなふうにも見えた。ただし、中庭にはベンチが何台もある。あのベンチ以外は空いていた。他のベンチには誰も座っていなかった。

どういうことだと思う？

龍子はついポシェットの中のチヌに尋ねた。返事はなかった。当然だ。チヌは飛のバクと違ってしゃべらない。

近づいていって、どうも、と声をかければいいのに。とりあえず飛に、ここにいたんですね、とでも言って、それから、浅緋さんに、初めまして、わたしは白玉《しらたま》龍子と申します、と自己紹介をしたらいい。転校する前はどちらにお住まいでしたか、とか、何かご不安なことはありませんか、とか、色々訊《き》けばいい。もし浅緋さんが話したくなさそうだったら、すみません、と謝罪して、引き下がればいい。その程度のことが、べつに難しくはなさそうなのに、どうしてもできなかった。

二人の関係は謎めいていた。その点も龍子《りゅうこ》を悩ませた。

同じベンチに座っているくせに、二人は親しそうに見えない。浅緋《あさひ》さんは転校生だから、当たり前といえば当たり前だ。けれども、小学校のときに一緒だったという可能性もある。話しこんでいるわけじゃないし、その線はないだろうか。でも、二人はまったく会話をしないわけじゃない。たまに口をきいていた。

やっぱり知り合いなのだろうか。そんなには知らない、友だちというほどではなくても、ちょっとだけ知っている、とか。

ただ、飛《とび》はもともと、同級生ともろくにしゃべらない。目も合わせないほうだ。あのくらいでも話をするということは、けっこう仲がいいのかもしれない。

浅緋さんには訊《き》きづらい。龍子は浅緋さんが二年三組の転校生だと知っているが、浅緋さんのほうは龍子が新しい同級生だという認識すらないだろう。

飛になら訊ける。

浅緋さんと、お知り合いなんですか？

飛が一人なら。

浅緋さんと一緒にいるのでなければ。

どうして飛は、いつまでも浅緋さんと同じベンチに座っているのだろう。

龍子が中庭の出入口付近をうろついていることに、飛は気づいているはずだ。何度か龍子のほうを見たし、気づいていないわけがない。

そうだった。

そんなことをぐるぐる考えているうちに、なんだか気分が悪くなってきたのだ。

龍子は昼休みが終わる五分前には教室に戻った。あのときにはもう、だいぶ体調がおかしくなっていた。楽しみにしていた社会の授業が全然、頭に入ってこない。病気だろうか。そんなことはない、と思おうとした。病は気から、という。気のせいだ。今朝はなんともなかった。色々あったせいだ。気疲れした。

気疲れしただけで体調を崩し、保健室に行く羽目になるなんて、情けない。

わたしは、だめな子だ。

気がつくと、龍子は階段の途中で足を止めていた。

ちゃんと授業を受けられなかった。先生に心配をかけた。

悪い子だ。

だめなわたし。

わたしはだめな子。

だから。

そのせいで、きっと――

わたしはお祖父様《じいさま》に叱られてばかりなんだ。
お祖母様《ばあさま》がわたしに冷たいのも、しょうがない。
だめな子だから。
わたしみたいな子、愛されるわけがない。
ごめんなさい。
だめな子で、ごめんなさい。

いい子にしていたら、いつかお父さんとお母さんに会えますか？

お祖母様に訊《き》いてしまった。
わたし、まだ小さかったから。
でも、とても困らせてしまった。
だめな子だ。

わたしがいい子だったら、お父さんとお母さんは、どこにも行かなかったですか？

お祖父様に訊いたら、こっぴどく叱られた。

物の道理がわからんやつだ！
ごめんなさい、お祖父様。
わたし、物の道理がちっともわからないんです。
だめな子だから。
だめなわたし。
わたしは、悪い子。
だから。
そのせいで、きっと——
お父さんにも、お母さんにも、決して会えない。
わたしがだめな子だから、二人は先に死んじゃったんだ。
全部、わたしのせいだ。
うゅー。
みぅぅー。

くゅー。むゅぅー。

「っ――」

鳴き声を聞いて、龍子《りゅうこ》は我に返った。見ると、ポシェットが開いて、そこからチヌが顔を出していた。龍子は開けていない。少なくとも開けた覚えはない。チヌが自分でこじ開けたのだろうか。

龍子は指先でチヌの角をさわりながら階段を下りた。あのままずっとぼうっとしていたら、いつかバランスを崩して階段から転げ落ちていたかもしれない。チヌのおかげで難を逃れた。チヌに救われた。いつだって龍子ひとりでは心許《こころもと》ない。

こんなことではいけない。だめな子のままだ。

「ごめんね、チヌ……」

龍子はチヌをポシェットの中に押しこめた。ようやく保健室に到着すると、白衣を着た養護教諭の桐沼《きりぬま》先生が迎えてくれた。

「あら、白玉《しらたま》さん？」

カーテンを閉めたベッドが一台ある。先客が一人いるということだ。あるいは、保健室登校をしている雫谷《しずくだに》さんかもしれない。

桐沼先生は龍子を長椅子に座らせて、あれやこれやと質問してきた。龍子は答えられる限り答えたつもりだけれど、自分が何を言ったのか、ほとんど覚えていなかった。体温計で体温を計測すると、三十一度七分だった。

「平熱はどれくらい？」と桐沼先生に訊《き》かれて、「普通だと思います」と龍子は答えた。

なんにしても、三十一度七分は低すぎる。

違う。

三十一度じゃない。三十七度一分だ。

「痛いところは？」

「……いいえ。とくには」

「そう。薬を飲むような熱でもないし。少し横になって休む？」

「……はい。すみません」

「謝るようなことじゃないから」

桐沼先生は気どらないやさしげな女性だ。龍子を空いているベッドまで連れていって、カーテンを閉めてくれた。

「こういうこともね。たまにはあるよ、白玉さん。眠かったら、寝ていいし。教科の先生と担任の針本《はりもと》先生には、私がちゃんと伝えておくから」

「……ありがとうございます」

「出てくるけど、何かあったら、隣にいるルカナちゃんに言って」

桐沼先生が「ルカナちゃん、お願いね」と呼びかけると、カーテンの向こうから「はぁーい」と応じる声があった。

桐沼《きりぬま》先生は間もなく保健室から出ていった。龍子《りゅうこ》はベッドに身を横たえ、布団を顎の下まで引き上げると、チヌが中にいるポシェットをしっかりと胸に抱いた。

白い天井を眺めていたら、ぱちぱちという音が微《かす》かに聞こえてきた。龍子とチヌはじっとしている。桐沼先生はいない。

「あの、雫谷《しずくだに》さん……？」

おそるおそる声をかけてみると、すぐに「ん？」と応答があった。

「何？　白玉《しらたま》団子」

ぱちぱちという音は途絶えない。聞こえつづけている。

「……何をなさっているんですか？」

「何してると思う？」

「わたしには、皆目見当もつきません」

「だろうね」

「……で、何を？」

「白玉団子には、まぁーったく関係ないこと」

「そう……ですか。失礼しました……」

「失礼ってことはないけど」

雫谷さんは、ふふっ、と笑った。

ぱちぱちという音はそのうち聞こえなくなった。

ベッドのカーテンが引き開けられ、雫谷さんが顔を出した。龍子が起き上がろうとすると、「いいって」と止められた。

「そのままで。寝てな」

「……はい。では、お言葉に甘えて」

「相変わらずおもしろいね、白玉団子は」

「わたしが……ですか？」

雫谷さんは「うん」とうなずいて、龍子が寝ているベッドに腰かけた。

「具合悪いんだ？　めずらしい」

「……元気が取り柄なんですけれど。我ながら……謎です」

「何かあった？」

「いいえ……」

龍子は「とくには」と言い足して、目をつぶった。

「ただ――」

「ただ？」

「わたしたちのクラスに、転校生がやってきまして」

「何かあった……というと、わたしの身の上ではないですけれど、それが当たるかと」

「転校生かぁ」

雫谷《しずくだに》さんは脚をぶらぶらさせている。

そのときだった。四つの目が天井から見下ろしていることに気づいて、龍子《りゅうこ》は一瞬、息を止めた。

雫谷さんの人外は、小さい人間のようでも、大きすぎる蜘蛛《くも》のようでもある。でも、目が四つ、脚が四本の人間はいない。蜘蛛はたしか、目がたくさんある。だいたい八つだったか。脚も八本だ。いずれもあの人外には当てはまらない。

「でもさ、白玉《しらたま》団子。その前にも色々なかったたっけ？」

「色々……」

人外はまだ龍子を凝視している。

「……ありました。色々」

「地味に疲れがたまってたりするんじゃない？」

「かも、しれません」

「一眠りしたら？」

「……はい。お心遣い、ありがとうございます」

「へぇ？」

「堅苦しいんだよね、白玉団子は」

「ごめんなさい」

「べつに責めてないから」

雫谷さんはベッドから下りて、布団を軽くぽんぽんと叩《たた》いた。

「おやすみ」

「……おやすみなさい」

龍子は目をつぶった。雫谷さんが離れてゆく。カーテンが閉められた。雫谷さんは自分のベッドに戻ったのだろう。

しばらくすると、また例のぱちぱちという音が聞こえてきた。

龍子は目を開けた。

雫谷さんの人外はもういなくなっていた。

これは何の音だろう。うるさくはない。地味に疲れがたまっていた。たぶん、雫谷さんが言ったとおりなのだろう。自然と瞼《まぶた》がくっついた。ぱちぱちという音と自分の息遣いが混じって、区別できなくなった。

六時間目が終わりそうなのに、龍子《りゅうこ》は戻ってこない。

だからどうした、ということはない。戻ってこないな。飛《とび》はただ、そう思っているだけだ。もうすぐ午後の授業も終わってしまう。結局、最後まで戻ってこないのだろうか。そんなに具合が悪かったのか。しきりと行ったり来たりしていて、ある意味、元気そうだったのに。

そうこうしているうちにチャイムが鳴って、六時間目も終了した。

思わず飛は「うーん……」と唸《うな》った。

「お龍《りゅう》が心配なのか？」

バクの問いかけに堂々と答えるわけにはいかない。飛が口の中で「べつに」とだけ言って返すと、バクは少しだけだが身をよじった。

「オイッ、マジか！　オレはもちろん心配だぜ。おまえって、そんな薄情な野郎だったのかよ。見損なったぜ、飛！　もはや相棒失格だな！」

ずいぶんな言われようだ。あと、飛以外には聞こえないからといって、あまり騒ぐのはやめて欲しい。

龍子が教室にいないし、バクの声は飛にしか聞こえていない。

そのはずだ。

「まあ、気にはなるよ」

バクにしか届かない程度の小声で言いながら、飛は念のため振り返ってみた。

偶然なのか。転校生と目が合った。

程なく担任の針本《はりもと》先生が教室に入ってきた。針本は二年三組の生徒たちに二、三の連絡事項を伝え、龍子についても言及した。養護教諭によると龍子は体調不良で、まだ保健室で休んでいるとのことだった。

帰りのホームルームが終わると、飛は即座にバクを引っ担いで教室を出ようとした。

「弟切《おとぎり》」

浅宮忍《あさみやしのぶ》に呼び止められた。飛は一応足を止めて、浅宮のほうに顔を向けた。浅宮はうつむいて目をそらした。

「いや……なんでもない」

急いでいるのに、何なのか。飛は少し苛《いら》ついた。それで何も言わずに軽くうなずいただけで教室をあとにした。ふと「廊下を走るな！」と書かれた貼り紙が目に入って、走ってないし、と飛は思った。そうだ。走ってはいない。走るように歩いているだけだ。

「そう慌てんなよ、飛。お龍は保健室にいるんだろ？」

バクに言われるまでもない。慌ててないし。走らないで歩こう。もともと走ってないけど。飛《とび》は速度を落とした。それでも廊下を歩いている他の生徒たちよりは速いが、しょうがない。これが飛の普通だ。ちんたら歩くのは好きじゃない。とくに一人のときは。隣に誰かいれば、なるべく合わせるけれど。

「うぇぇ……」

後ろから声がした。

「きみ、歩くの速すぎ」

「──は？」

立ち止まりはしなかった。飛は脚を動かしながら振り向いた。転校生はだいぶ不機嫌そうだった。それでいて、足どりは思いのほか軽快だ。腕は振らずに左右の足でリズミカルに床を蹴って、体を前へ前へと押しだす。そんな歩き方で飛についてくる。

「何……？　え？」

「え？　何が？」

「や、何がって」

「いいでしょ」

「や、いいけど──」

いいのだろうか。

飛は首をひねった。

「……何が？」

「堂々巡りだね」

転校生に鼻で笑われた。

いっそのこと走って引き離してしまおうか。それも違うような。だいたい、なぜ浅緋萌《あさひも》日花《にか》はついてくるのか。ついてきているのだろうか。たまたま同じ方向に進んでいるだけかもしれない。ないか。それはない。歩くの速すぎ、と言われたし。

あと少しで保健室というところで、浅緋は急に足を速めて飛を抜こうとした。抜かれたっていいのだが、飛はつい張りあってしまった。僅差ではあったものの、保健室のドアを開けたのは飛だった。

養護教諭はいなかった。眼鏡《めがね》をかけた女子生徒が、養護教諭の椅子に座ってペン回しをしていた。

「あ。トビトビじゃん」

雫谷《しずくだに》ルカナは妙な呼び方で飛に声をかけてから、後ろにいる浅緋に目をやった。

「そっちの人は、噂《うわさ》の転校生？」

浅緋は「うん」と短く答えて、保健室全体を見渡すように素早く視線を動かした。

「きみは誰？」

「二年三組在籍保健室登校中の雫谷《しずくだに》ルカナさんでーす。よろしくね。えーと……」

「浅緋萌日花《あさひもにか》」

「んじゃあ――」

雫谷はペン回しを止《や》めて、にっこりと笑った。

「モニモニ？」

浅緋は片眉と口許《くちもと》を引きつらせた。あれが浅緋なりの笑い方なのか。

「気持ち悪すぎてグロいね」

「グローい」

雫谷はまたペンを回しはじめた。なんだかやけに楽しそうだ。

「モニモニ、最高」

飛《とび》に背負われているバクが何か言いたげに身震いした。飛も何か言いたい気分だったが、どう言えばいいのかよくわからない。雫谷と浅緋は互いに笑みを浮かべている。けれどもこれは友好的な雰囲気なのか。どうも違うような気がする。

天井の片隅には四本脚の人外がうずくまっていて、それもまた異様だ。飛にとって、人外はとりたててめずらしくない。そうはいっても、雫谷の四本脚人外はサイズが大きめだし、どこか人間っぽいのに目が四つもある。いくぶん特異で、正直、少々気味が悪い。

もちろん、あんな人外が近くにいても、見えていなければどうということはない。飛は転校生を一瞥《いちべつ》した。見えなければ、どんなものも存在しないのと一緒だ。

「……むっ」

不意に、その転校生でも雫谷でもない、別の声がした。

カーテンを閉めたベッドが一台ある。その向こうで慌ただしい物音がして、すぐにカーテンが引き開けられた。

「わぁっ、寝てました……！」

お団子にしているおかげか、髪はさして乱れていない。ただ、顔全体が紅潮している。

龍子《りゅうこ》はベッドから跳び起きて、すぐに靴を履こうとしたのだろう。しかし、両足ともきちんと履けていない。

「ひぁうっ、どど、どうして、飛、いぇえっ、浅緋さんまで、なぜっ……」

飛も知りたい。なぜ浅緋は保健室に来たのか。飛にそんなつもりは毛頭なかったけれど、浅緋は明らかに競争していた。もし先に浅緋が保健室に到着していたら、どうするつもりだったのか。

「白玉《しらたま》団子、もう大丈夫なの？」

雫谷が尋ねると、龍子は「ほっ？」と奇声を発して自分を指さした。

「あっ、はい、ぐっすり眠ったおかげでしょうか、わたしのほうはすっかり」

「よかった」

いち早く浅緋《あさひ》がそう口にした。だから、なんで浅緋が。問いつめたくなってきた飛《とび》に、当の浅緋が「ね？」と同意を求めてきた。

「あぁ……うん」

とっさにうなずいてしまった。

「えええ――と……？」

龍子《りゅうこ》は腑《ふ》に落ちないのだろう。チヌラーシャ入りのポシェットをきつく胸に抱いて、首を四十五度以上傾けている。

「心配で」

浅緋はさも当然といったふうにさらりと言った。

「ね？」

そして、なぜ飛を見るのか。

「……うん」

飛も飛だ。うん、じゃないよ、と思いはしたものの、実際、龍子のことは心配だった。だとするとここはやはり、うん、でいいのか。

「わたしのような者のために、わざわざっ……」

龍子はただでさえ赤らんでいた顔を真っ赤に染めて、さらに両目を潤ませた。絵に描いたように感極まっている。龍子は床に頭を打ちつけるような勢いでお辞儀をした。

「光栄です、ありがとうございます……！　浅緋さんに至っては、転校初日ということもあって、まだご挨拶も満足にできていませんのに……！」

「そういえば、そうか」

浅緋は頭を掻《か》いた。

「でも、きみのことは知ってるから」

「はぇっ!?」

龍子は腰を折ったまま顔だけ上げた。すごく変な姿勢だ。浅緋は手で口を押さえた。噴きだしそうになったのかもしれない。

「思ったよりユニークな子だね、龍子は」

「ユニーク……わたしが、ですか？　龍子……」

「気を悪くした？」

「い、いいえ、まったく。そのようなことは、全然」

「……あの、いつまでその体勢？」

黙っていられなくなって飛が指摘すると、龍子は「──たいせい？」と呟《つぶや》いた。ようやく上体を起こし、両手で顔を覆う。とても恥ずかしそうだ。

「……てっきり忘れていました。てっきりじゃないか。この場合はうっかりですね……」

「とんだうっかりさん」

浅緋は長椅子に腰かけて脚を組んだ。

「私のことは、萌日花《もにか》でいい。浅緋って呼ばれても反応しづらいし」

龍子《りゅうこ》は指と指の合間から、うかがうように浅緋《あさひ》を見た。

「……も、萌日花さん、で？」

「敬称不要。私、きみの上司でも何でもないから」

「萌日花……」

「みんな、それで」

浅緋萌日花は、飛《とび》と、そして雫谷《しずくだに》にも目を向けた。

「同学年だし、イーブンでよくない？」

「いいと思うな」

雫谷はペンの頭で自分の顎をつついた。

「あたしはいいと思う。けっこう好きだよ。モニモニみたいに、さばさばした女子」

「それはどうも」

浅緋は雫谷を見ているようで、微妙に視線がずれている。いつの間にか、四本脚の人外が天井の片隅から雫谷の頭上に移動していた。おそらく、四本脚の人外は浅緋の視野に入っているだろう。あくまでも、浅緋に人外が見えるとしたら、だが。

「……どうもアレだな」

バクが呟《つぶや》いた。その直後だった。浅緋が飛に「ね」と声をかけた。

「学校、終わりでしょ。そろそろ帰らない？」

「あ、わたし、教室から鞄《かばん》をとってこないといけません！」

龍子は歩きだした途端、「うくっ……」とこけそうになった。靴をちゃんと履いていないせいだ。

浅緋が長椅子から立ち上がった。雫谷まで荷物をまとめようとしている。

帰るのだろうか。まあ、帰るだろう。飛だって帰らないといけない。下校の時間だ。

でも、この面々で？

一緒に？

どうして……？

＋＋＋＋　＋　＋＋＋＋

雫谷ルカナが四本脚人外を従えて職員用玄関から出てきた。

「やー。お待たせー」

「それでは、まいりましょうか！」

龍子の元気な掛け声を合図に、一同は出発した。

前庭の花壇に水やりをしていた灰崎《はいざき》が、目を一杯に見開いて口をぱくぱくさせている。なぜ灰崎がそんなに唖然《あぜん》としているのか。わからないが、何なの、これ、というふうには飛《とび》も思っている。なんでこんなことになってしまっているのか。

龍子《りゅうこ》と浅緋《あさひ》がおおよそ横並びになっていて、その後ろにバクを背負った飛、雫谷《しずくだに》、四本脚人外と続いている。

この集団は奇妙だ。それとも、ほとんどの人間には四本脚人外が見えていないから、そうでもないのか。そんなこともないだろう。四本脚人外を抜きにしても、おそらく不思議な取り合わせだ。

「いやー。誰かと帰るなんて、ルカちん、久しぶりだなー。青春って感じ。そう思わない、トビトビ？」

「……雫谷、そのトビトビっていうの、やめない？」

「やめろって言われると、やめたくなくなるのが人情ってものじゃない？」

「じゃあ、やめないで」

「オッケー。やめまっせーん」

「何だよ、この人……」

「ずいぶん口が達者な女だよなァ」

「ええと、萌日花《もにか》は、転校前はどちらに……？」

「西のほう」

「ああ！　関西でしょうか？」

「そんな感じ」

「そうなんですね。いささか意外でした」

「なんで？」

「言葉が関西弁ではありませんし。イントネーションなども、とくには」

「私、全国転々としてたりするから」

「親御さんのお仕事の都合か何かで？」

「まあ、そうかな。仕事の都合」

「なるほど。かっこいいです」

「どこが？」

「わたしは一度も転校したことがないので。何かこう、憧れるものがあります。実際に転校するとなると、親しい人とお別れしたりとか、大変なこともあるでしょうけれど」

「慣れるもんだよ」

「そういえば、白玉《しらたま》団子さぁー」

「あっ、はい、何でしょう、雫谷さん」

「具合はもうほんとに平気なの？」

「ええ、平気です！　ハーフマラソンなら走れそうなくらいで」

「ハーフっていっても二十キロ以上だよ？　体調万全でも無理じゃない？」

「言いすぎました。とうてい無理ですね。わたし、運動神経も、体力も、人並み以上とはとても言えませんし」

「マラソン自体、謎だよね。体あんなふうに酷使して、寿命縮めるだけだって」

「不可能に挑戦することに価値があるのやもしれません……」

「完走する人いっぱいいるから、不可能ではなくない？」

「はっ。たしかに……」

やりとりが途絶えない。誰か彼かしゃべっている。龍子《りゅうこ》、浅緋《あさひ》、雫谷《しずくだに》は、話し相手に応じてめまぐるしく位置取りを変えた。飛《とび》は三人に合わせてたら歩いている。

さっと抜けてしまおうか。そんなことも考えなくはない。苦痛というほどではないのだが、場違いな感じはどうしてもする。

結局、飛は一人がいい。

バクがいるから、一人でもひとりじゃないわけだし。

「飛」

気がつくと、浅緋が右隣を歩いていた。

「……何？」

「私の名前を呼んでみてよ」

「浅緋」

「萌日花《もにか》」

「……浅緋、萌日花」

「だから、萌日花でいいって」

「ぇぇ……」

「トビトビにはぁ」

龍子と並んで前にいた雫谷が、ぴょんと跳ねて飛の左隣へと移動した。

「モニモニを萌日花って呼びたくない理由が何かあるのかなぁ？」

「べつに、理由とか……」

飛は下を向いた。バクが意味ありげに、フヘヘッ、と笑う。なんで笑ったりするのか。

バックパックのくせに。バクなのに。

「白玉《しらたま》団子のことは、いつの間にか龍子って呼んじゃってるのにぃ？」

「それは――」

「のに？　のにぃ？　モニモニは転校生で付き合い短すぎだし、いきなり萌日花なんて呼べません、言わせせんなよ恥ずかしい、てこと？　かな？　かなぁ？」

「まあ……」

「それとも、龍子《りゅうこ》呼びしてる白玉《しらたま》団子の前で、モニモニを萌日花《もにか》って呼んじゃうのは、なんかなぁ的な？」

「んん……」

飛《とび》自身、そのことについて深く考えてはいなかった。でも、言われてみれば、浅緋《あさひ》を萌日花と呼ぶのは間違いなく抵抗がある。絶対に、何がなんでも呼びたくない、というほどではないけれど、すんなり呼べないのに、なぜがんばって呼ばないといけないのか。

上目遣いで前を見ると、龍子の後ろ姿が目に入った。チラッと振り向いた。さらに、チラチラッと。龍子はそれから四回、飛をチラ見したあとで、「もっ」と言った。

「……も？」

「も、萌日花、というのは……つまり、とてもよい名だと――僭越《せんえつ》ながら、わたしは思います……よ？」

「ありがと」

浅緋がぽつりと言った。目を伏せて、唇の端を持ち上げている。満更でもなさそうだ。

「こ、こちらこそ」

龍子は素早く頭を下げた。

「……こちらこそ？　ちょっと違うかな。と、とにかく、萌日花が萌日花と呼ばれたいというのは、ゆえあってのことでしょうし、本人の意思を尊重するのは大切なことで」

「僕も萌日花って呼べって言いたいの？」

そっけない声音だった。飛が意識的にそうしたわけじゃない。勝手にそんな声が出た。

「よ、呼べ、とは」

龍子はかなり強く首を横に振った。

「言ってません。言わないです、そんなことは。ただ、萌日花が望んでいるので、そうしてはどうかと。提案というか……」

「わかった」

飛は右隣にいる浅緋萌日花に顔を向けた。

「萌日花。これでいい？」

「本名だしね」

萌日花は肩をすくめてみせた。

「他の名前で呼ばれるより、しっくりくる」

「ほ、本当に！　すてきな名だと思います！　国際的ですし！」

龍子の足運びがどたどたしている。語調もやや荒々しい。

「……お龍《りゅう》、キレてねえか？」

バクがぼそっと言った。

「っ――」

龍子《りゅうこ》は言い返そうとしたのか。すんでのところで思いとどまったようだ。

「なんで青春って青い春って書くか知ってる？」

雫谷《しずくだに》はあからさまにニヤニヤしている。

「中国に五行思想ってのがあって。万物は、木火土金水《もっかどごんすい》の元素からなるっていう。色の青と季節の春は、どっちも木《もく》なんだよね。青春はそっからきてる。ようするに、ただ春のことなんだけど」

「この女、何が言いてえんだ？」

バクに答えたわけでもないだろうが、雫谷は「青春だなぁ」とかなんとか言いながらスキップしはじめた。四本脚人外まで、飛び跳ねながら雫谷を追いかけてゆく。

「何が青春だよ……」

飛《とび》は思わず吐き捨てるように呟《つぶや》いた。

「青春でしょうよ！」

聞こえたのか。雫谷は叫んで、そのままスキップでどんどん突き進む。あっという間に飛たちを十メートルほども引き離した。戻ってくる様子はない。雫谷は交差点を右に曲がって、とうとう見えなくなった。

「青春──」

龍子がいきなり立ち止まって振り返った。

「なんでしょうか？」

「……わかんない」

　飛にはそれしか言えなかった。

「花の十四歳だからね」

　萌日花《もにか》は肯定しているのか、否定しているのか。何なのか。

　龍子が「あっ！」と萌日花を指さした。

「花！　萌日花には花が入っていますね。花の十四歳。納得です」

「そういうつもりで言ったわけじゃないけど……」

　萌日花は「ま、いいか」とため息をついて、飛と龍子、それから下校途中の他の中学生たちに視線を巡らせた。

「ほんと、学校って変な場所。きみたちの学校はとくに変だけど」

　この明らかに変わっている転校生に変だと言われると、飛のような学校のはみ出し者でもあまり気分がよくない。とくに変だ、なんて。

「それって……どういう意味？」

「どういう意味だと思う？」

　萌日花はたぶん答える気がない。だったら最初から思わせぶりなことを言わなければいいのだ。

「癖が強え転校生だな」

バクが、ヘッ、と笑った。

「ていうか、クセモノだぜ」

「またね」

萌日花《もにか》はそう言って龍子《りゅうこ》の肩を叩《たた》くふりをした。さわりはしなかった。でも、そのあとで飛《とび》には、というより、飛に背負われているバクには、軽くふれた。帰り道の方向がそもそも違うのか。萌日花は飛と龍子を置いて、来た道を引き返してゆく。

「あ、また明日《あした》です……！」

龍子が手を振ると、萌日花は背を向けたまま片手を上げてみせた。

「もちろん気づいてるよな、飛？」

バクに訊《き》かれて、飛が「うん」とうなずくと、龍子は手を振りつづけながら「ふ？」と首を傾《かし》げた。

「気づくとは、何にでしょう？　はっ。萌日花、どうしてUターンして……」

「あのクセモノ転校生、オレの声が聞こえてやがる」

「バクの――声？　ええっ!?」

「人外が見えるんだ」

飛は少しだけ目をすぼめた。

萌日花が歩道から車道に出ようとしている。車か。道端に銀色の大きなワンボックスカーが停《と》まっている。萌日花はその車のスライドドアを開けて、後部座席に乗りこんだ。車が走りだした。

「きっと、僕らと同じだ」

#1-4_asamiya_shinobu/ 幸福追求世界観

どうせ会えない。それどころか、顔を見ることもできない。承知の上で、浅宮忍《あさみやしのぶ》は高友《たかとも》未由姫《みゆき》が入院している病院を訪れた。

他にやることもなかった。授業が終わったあと、弟切飛《おとぎりとび》に声をかけてみたが、何か用事があるみたいだったし。何か、というか、弟切は白玉龍子《しらたまりゅうこ》のことが気がかりなのだろう。様子を見に保健室へ行くなら、一緒に、という考えもあるにはあった。でも、邪魔かもしれないし。具合の悪い女子が休んでいる保健室に、男二人で押しかけるのもどうかと思う。だいたい、べつに弟切とそこまで仲がいいわけでもない。

高友はまだ集中治療室《ICU》にいた。むろんICUには入れないし、家族でもない見舞客には患者の容態を知る術《すべ》さえない。ICUがある本棟三階の待合室に高友の母親がいた。家が近所なので、浅宮は昔から彼女に「忍《しら》くん」と呼ばれている。彼女が娘のことを浅宮に教えてくれたのだ。希望を持てる報せもあった。

「あのね、忍くん、ミユね、ICUから一般病棟に移れるかもしれないの。すぐじゃないけど、人工呼吸器を外せるかもしれなくて」

「そうなんですか。よかったじゃないですか。あの、意識は……?」

浅宮がおずおず尋ねると、高友の母親の目玉が急に曇りだして、何も映さない古びたレンズのように成り果てた。彼女は首を横に振ってみせた。

そのあとも十五分かそこらは話したが、浅宮はほとんど訊《き》かれたことに答えただけだった。学校はどうだとか、浅宮の家族のことだとか、そんな話題だった。

帰ろうとしたら、高友の母親は懇願するように「忍くん、体に気をつけてね」と言った。いくら気をつけても、悪いことが起こるときは起こってしまう。当然、そんな意地悪な言葉は口にできない。浅宮は「気をつけます」とだけ返した。

家に着くと、いつものように誰もいなかった。浅宮には兄が一人いるけれど、二年前に東京の私立大学に入学した。家のローンに加えて、兄の学費やら仕送りやらで家計がなかなか苦しいようで、両親とも働きずくめだ。二人とも朝が早いし、帰りもわりと遅い。小さな二階建ての建売住宅はどこもかしこも雑然としていて、何とも言えない独特の臭いがする。

高校生になったらアルバイトをしようと浅宮は決めていた。勉強は好きじゃないし、たぶん向かないので、兄のように名の知れた大学には行けそうにない。そこそこの大学に入って、適当に就職して。正月になんとなくそういう話を母にしたら、今からそんなことを考えなくていいと言われた。

狭い庭に干してあった洗濯物を取りこんでいたら、不意に何もかもいやになった。浅宮は作業を途中でやめ、リビングのテーブルに腰かけた。ソファーはよく父がベッドにして眠っているので、座る気になれない。リモコンを操作してテレビをつけた。観《み》たくはない。音を出したかった。

正月に将来のことをぼんやり話したとき、「何かやりたいこととかないの？」と母に訊《き》かれて、浅宮《あさみや》は「ねぇわ」と即答した。「早っ」と言われて、笑ってしまった。

ミユは――と、浅宮は考えた。高友未由姫《たかともみゆき》はどうだったのか。

たしか、高友は昔、アイスクリーム屋さんになりたい、みたいなことを言っていたような覚えがある。どういうわけか一部の女子はアイスクリーム屋になりたがっていた。さすがに中学生になると、また変わってくるだろう。ありそうなのは、看護師とか、保育士とか。あとは美容師とか。

浅宮には何もない。アンケートのようなものは毎回、適当に書いて提出した。漫画家。会社員。スポーツ選手。全部、嘘《うそ》だ。何かになりたいとか、何かしたいとか、浅宮は一度も思ったことがない。

高友はどうだったのか。きっと何かあっただろう。高友はしっかり者で、はっきりしていて、色々なタイプの男女と仲がよかった。成績もけっこう優秀だった。浅宮とは正反対だ。高友なら夢くらいあったに違いない。でも、治るのか。高友の母親は希望を持っているだろう。よくなればいい。浅宮だってそう願っている。正直、必ず快復すると信じてはいない。高友はこのまま意識が戻らないかもしれない。

自分に何かできなかったのかと、浅宮はつい考えてしまう。

考えても無駄だ。

どのみち何もできなかった。

今も、これからも、何もできない。

浅宮はリモコンでテレビを消した。無音より音があったほうがいい。それでテレビを点《つ》けたのに、耳障《ざわ》りで苛々《いらいら》した。

誰かと話したい。誰でもいい。話を聞いてもらいたい。相手がいない。友だちはいる。ゲームでフレンド登録している相手とか。ただ、そういう友だちとはハマっているゲームや動画のことしかしゃべらない。他の話をしたら十中八九、うざがられる。最近、あまりゲームもしていない。プレイしても続かない。熱が入らない。

スマホの通知音が鳴った。どこに置いたのだったか。探すと、テーブルの端っこにあった。浅宮はスマホを手にとった。

【ハピエバに招待されたよ。新しいSNSを使ってみよう！】

ディスプレイにそんな通知が表示されていた。

「……ハピエバ？」

浅宮はスマホのロックを解除した。見慣れないアイコンが見つかった。ハピエバ。こんなアプリをインストールしただろうか。記憶にない。

「なんか、あやしいけど……」

起動してみたら、ハピエバはHappy ever afterの略称で、大勢の芸能人やアーティスト、配信者が匿名で参加しているSNSだという説明がアニメーション付きで流れた。有名人のものらしい写真が次々と明滅する。その中には浅宮《あさみや》が知っているミュージシャンやお笑い芸人、よくネットニュースのネタになっている配信者もいた。ユーザーはどんなことを発言してもいい。決まりは一つ。二十四時間に一回ログインすること。ログインしないと、アカウントがログごと消去されてしまうらしい。逆に言えば、退会したかったらログインしなければいい。

「……余計、あやしくね？」

思わず苦笑いしていると、アプリが記号を選べと指示してきた。文字じゃなくて、記号の組み合わせがユーザー名になるらしい。適当に四つ選ぶと、また選択肢が出てきた。興味。好きな物。苦手な物。こういうのは得意だ。とくに考えないで、適当にさくさく答えられる。けれども、続く質問で浅宮の手が止まった。


【何か悩んでたりしない？
・やっぱり人間関係
・将来のこと

・お金について
・恋とか愛とか
・夢も希望もないよ
いくつでも選んでね！】

「——夢も希望もない、とか。身も蓋もねぇわ……」

やけくそだ。浅宮は【夢も希望もないよ】だけを選択して次に進んだ。途端にタイムラインの画面が表示され、【ようこそ！】とか【はじめまして〜】といったメッセージがばんばん流れてきた。

【お！　参加者発見！　よろしく！】

【気楽に〜】

【夢も希望もない者同士、仲よくしよ】

【絶望同盟ｗ】

「……これ、俺に言ってるのかな。すげぇ歓迎されてるんだけど。夢も希望もない者同士、か。そうだけどさ……」

浅宮に飛んでくるメッセージはやがて落ちついた。でも、タイムラインは更新されつづけている。

起きた、とか、寝ていた、とか、何を食べた、といった日常の報告もあれば、こんなことがあって不愉快だった、とか、あれがつらかった、とか、これこれで泣きたくなった、といった愚痴もある。誰かが嘆けば、別の誰かが、自分もある、と共感を示したり、がんばって、と励ましたりする。

ちょっと不思議だった。愚痴なんか聞きたくない、という反発は見あたらない。みんな無視しているのか。ハピエバのユーザーはそんなふうに思わないのだろうか。心が広い人びとが使うSNSなのか。

ただ、【×××のナポリタン最高だよ】とか、【×××が一瞬でも映ると即チャンネル変えるわ】、【明日、×××に行く】といったメッセージを流し読みしているうちに、浅宮《あさみや》は気づいた。このSNSには一部の言葉を伏せ字にする機能があるようだ。固有名詞だろうか。人名や地名、店の名前とか。

「あれか。プライバシーの保護的な？　地名とか店の名前とかで、どこの人間とかだいたいわかっちゃいそうだし。画像は投稿できないみたいだしな……」

もしかしたら、ネガティブな発言はフィルターされて見えないのかもしれない。だとしたら、誰かに罵られても気づかない。気づかなければ、非難されていないのと同じだ。

「……くだらね。こんなの、慰めにしかなんねぇよ」

そう思いながらも、浅宮はハピエバのタイムラインから目を離せなかった。勝手に指が動いた。

こんな場所なら何を吐きだしたっていい。
虚《むな》しくなったら、やめればいい。

◉ #1-5_otogiri_tobi/ 目で見たものだけ信じるな

「見て見て」

萌日花《もにか》が飛《とび》のすぐそばでくるっと一回転してみせた。

「じゃーん。制服」

もっと陽気な声音と元気な表情でそう言われたら、飛としても一応、制服だね、と返すくらいのことはしたかもしれない。萌日花は今朝も例のごとく眠たそうな目をしていて、口調も平板だった。なんで、じゃーん、なんて言おうと思ったのだろう。実は上機嫌なのか。そんなふうにはまったく見えないけれど。

「……まあ、この学校の生徒っぽくはなりやがったかァ？」

机に掛けてあるバクが呆《あき》れたように言った。萌日花は何も口には出さなかった。ただバクを、ぽん、ぽん、とやさしく叩《たた》いた。

「わぁ！」

龍子《りゅうこ》が小走りに近づいてきた。

「昨日の今日で、もう制服ができあがったんですね。よくお似合いです！」

「でしょ」

萌日花はまた一回転した。意外と本当に機嫌がいいのかもしれない。それはそれでけっこうなことだが、飛としてはどうしても、いや待て、と言いたくなる。

もはや隠す気もなくない？

バクの声、完全に聞こえているよね？

龍子も龍子だ。昨日、どうもそうなのでは、という話を飛がしたら、ずいぶん驚いていたじゃないか。なぜ何事もなかったかのように、いきなりやってきた転校生とそこそこ仲良くなった二日目の朝的な感じなのか。

もちろん、龍子は龍子で、何か考えがあって普通に振る舞っているのかもしれない。朝のホームルームを控えた教室で、人外の話題なんか持ちだすわけにもいかないわけだし。

それはそうなのだが。

「私、こういうきっちりした服って苦手なんだけど、たまには悪くないかな」

「なんというか、気が引き締まりますよね！」

「気は引き締まらない」

「えっ……引き締まりませんか？」

「基本だいたい通常営業。平常心、大事」

「なるほど。平常心。深いです。あっ、でも、前の学校に制服は？」

「あったかな。あったか。ろくに着なかったな」

「萌日花《もにか》は自由を愛する人なんでしょうか」

「そんなんじゃない。生きてるだけで、色々縛られてるもんだよ」

「たしかに。縛りはありますね。規則とか、法律とか——」

龍子《りゅうこ》はうんうんとうなずいている。

何を話しているのだろう、この二人は。

「あのさ……」

いいかげんうんざりして飛《とび》が口を開くと、萌日花は「ん？」と小首を傾《かし》げてまたバクをさわった。

「……オイ」

バクが唸《うな》る。萌日花は逆側に首をひん曲げた。

「ん？」

明らかにわざとだ。龍子が握り拳を口に当てて「えんっ」と咳払《せきばら》いをした。笑いそうになって、こらえたのかもしれない。笑っている場合か。

飛は席を立った。

「どこ行くの？」

萌日花に訊《き》かれた。答える筋合いはないのに、つい「トイレだよ！」と言い返してしまった。飛は早足で教室を出た。

飛がいない間、萌日花はバクをもてあそぶかもしれない。バクを連れてくるべきだったか。しかし、いくらなんでもバックパックを担いでトイレに行くのはどうなのか。ごめん、バク。すぐ戻るから。飛は胸中で言い訳をしながらトイレで用を足した。手を洗っていたら、前髪の長い男子生徒がトイレに入ってきた。

「おはよ、弟切《おとぎり》」

浅宮忍《あさみやしのぶ》が手洗い場の鏡越しに会釈をした。

「ああ……」

飛は蛇口を閉め、ポケットからハンカチを出した。

「おはよう」

浅宮はそのまま手洗い場を通りすぎていかなかった。どうしたのだろう。飛は振り向いた。鏡越しではなく直接見た浅宮は、スマホを握り締めていて、何かちょっと顔つきがおかしかった。

「両手に花だな」

浅宮はそう言った。

花。

両手に。

飛は一瞬、右手に持ったハンカチとまだ濡《ぬ》れている左手に目を落とした。花なんてどっちの手にも持ってないけど。真剣にそんなことを考えてしまった。違う。そういうことじゃない。両手に花。一人の男性が二人の女性を連れていることのたとえだ。

「……え？」

「悪い」

えらく低い声だった。浅宮《あさみや》はただでさえ長い前髪で目が隠れかけているのに、さらに顔をうつむけた。

「変なこと言った」

飛《とび》は首を横に振ってみせた。少し驚いたが、腹は立っていない。むしろ、浅宮のほうが憤っているように見えた。何に対して怒っているのか。飛に、だろうか。

浅宮はそそくさと行ってしまった。飛もハンカチで手を拭いてトイレをあとにした。

どうも腑《ふ》に落ちない。何か声をかけたほうがよかったのか。でも、浅宮は虫の居所が悪そうだった。

ひょっとすると、飛が浅宮の癇《かん》に障《さわ》るようなことをしたのかもしれない。心当たりはないものの、絶対にしていないとは言いきれない。

飛はいささか動揺していた。浅宮とは親しくなりつつあるような気がしていたのだ。ほんの少しではあるけれど。それでも、他の同級生たちと比べたら、ずいぶんと。

勘違いをしていたのだろうか。

なぜかはわからないが、浅宮に嫌われてしまったのかもしれない。

＋＋＋＋　＋＋＋＋

「……変なことばっかだな」

天気がいいこともあって、昼休みの中庭はなかなか賑《にぎ》わっている。何台かあるベンチも全部埋まっていて、飛はそのうちの一台に腰かけていた。ひとりじゃない。

「まったくだぜ」

飛はバクを肩に掛けてしょっている。それだけじゃない。

「そうだね」

飛の右隣に萌日花《もにか》が脚を組んで座っている。

「――ですか」

それから、左隣には龍子《りゅうこ》も。

三人で並んで座っても狭くない程度の幅は十分あるベンチだ。他のベンチでは四、五人の生徒が身を寄せあっていたりもする。飛とバクでこのベンチを独占するのは贅沢《ぜいたく》というものだろう。

三人で座るのはいい。

どうしてこの三人なのか。問題はそこだ。

じょうろを手にした灰崎《はいざき》が、中庭の向こうにある駐車場をうろちょろしている。そのじょうろは何のために持っているのか。水やりはどうした。そんなに頻繁にこっちを見ないで欲しい。気になる。話したいことがあるのなら、話しにくればいいのに。目障《ざわ》りだ。

「変なことばっか」

萌日花《もにか》は、うーん、と伸びをしてから、さらりと言った。

「ところで私、見えるんだ。人外」

「……もっ――」

龍子《りゅうこ》は、萌日花、と呼びかけようとしたのか。身を乗りだし、ものすごい顔を右に向けて萌日花を凝視している。こんなふうに萌日花が自白するとは飛《と》も思っていなかったので、少々意表を衝《つ》かれた。もっとも、半分以上わかっていたことだ。

「やっぱり」

「バレてた?」

萌日花は片方の眉だけ吊《つ》り上げ、唇の端をくいっと持ち上げてみせた。

「あからさますぎたかな」

「で?」

「――で、とは?」

「いるの？　萌日花にも、人外」

飛が萌日花にそう尋ねるまで、龍子は思いも寄らなかったようだ。

「あっ……ですよね、見えるということは——」

「探してみたら？」

萌日花は両手を上に向けて開いてみせた。手の内を明かす、隠し事はしない、とでもいうように。

龍子がベンチから立って萌日花に顔を近づけた。萌日花の全身を隅々まで観察するというより、鼻のいい犬が匂いを嗅いでいるみたいだ。だいたい、極度の近視でもなければ、そこまで接近しなくても見えるだろう。ひょっとして、隠れているとか。飛はベンチの下を覗《のぞ》きこんでみたが、無駄だった。掃除が行き届いているようで、ゴミらしいゴミさえ落ちていない。ベンチの裏側まできれいだった。

「私には、いない」

探させるだけ探させてから、萌日花は言った。

「どういうこった？」

バクが少し身震いした。人外に関することだから、興味があるのだろう。

「どういうことだろうね」

萌日花は腕組みをして視線を斜め上に泳がせた。

「覚えてないし。わからない」

「ハァーン……!?」

飛《とび》はいきり立つバクのストラップを握った。覚えてない、と萌日花《もにか》は言った。その前に間があった。少し考えてから、覚えてないし、わからない、と。

「とにかく、私は人外が見える。気配みたいなのも感じる」

萌日花は龍子《りゅうこ》に目を向けた。ポシェットだ。龍子が斜めがけしている赤いポシェットを萌日花は見ている。

「では──」

龍子はポシェットを開けた。すぐにチヌラーシャがぬっと顔を出した。

萌日花は目を細めて手をのばし、チヌの角をそっとさわった。いやだったのか、ただ単にびっくりしたのか。チヌはポシェットの中に引っこんでしまった。萌日花は軽く肩をすくめた。

「いるってことは、最初からね」

「萌日花、おまえ──何者だ……?」

バクが飛の気持ちを代弁してくれた。

「秘密」

それが萌日花の答えだった。

「ていうか、言えない」

「何だ、そりゃあ！」

「大人の事情？」

「何が大人だ、中学生じゃねえか！　ど真ん中のガキだろうが！」

大人も子供もあったものじゃないバックパックにガキ呼ばわりされて、不本意だという表情でもない。萌日花はふっと心が体から離れたような顔をした。

「萌日花？」

龍子が身を屈《かが》めて手を振った。それで萌日花は正気に返ったようだ。

「――私、やらなきゃいけないことがあって」

萌日花は自分の膝に頬杖《ほおづえ》をついた。

「手伝ってもらえないかな」

「それが人にモノを頼む態度かよ！」

バクの言うとおりだと思う。

「きみは人じゃないし」

萌日花の言うことも間違っていない。

「ええと……わたしにも、ですか？」

龍子が訊《き》くと、萌日花は「もちろん」とうなずいてみせた。

「飛《とび》と龍子《りゅうこ》に手伝って欲しい。ついでに、二人の人外にも」

「ついでか、オレは！」

「実はメインかも？」

「ほォ？　メインなら、考えてやらなくもねえな」

「……勝手に話を進めないでくれる？」

飛は中庭を駆け回っている男子生徒たちを一瞥《いちべつ》した。

「あと、ここ、僕らだけじゃないし。他にも人がいるし……」

「聞き耳を立てられてるわけじゃないでしょ」

萌日花《もにか》はあくびをしかけて、噛《か》み殺《ころ》した。

「人外がついてても、見える人は少ないしね。きみたちは、レアケース。この学校の一クラスって、三十五、六人？　その中に人外視者が二人もいるなんて」

龍子が「レアケース……」と呟《つぶや》いた。何やら難しい顔をしている。

「この学校はとくに変だって、言ってたけど。あれって、僕たちのこと？」

飛が訊《き》くと、萌日花は眉をひそめた。違うのか。飛たちの存在がとくに変なのではない。だったら何なのか。

「ざっと見ただけでも十人に一人か、それ以上」

萌日花が何を指して言っているのか。飛はすぐにぴんときた。

「ずっとこうだった？」

「いや」

　飛は首を振った。

「多いなって、感じた。前は……そんなことなかったと思う。いつからとか、そこまではわからないけど。増えてる……かも」

「言われてみれば！」

　龍子も薄々気づいていたのだろう。向かいのベンチに座っている男女五人組の中に、やけに平べったいヤモリのようなものを肩にくっつけた男子生徒がいる。龍子はその男子生徒をそっと指さした。

「あの人の肩に、その、小さな……ああいうの、最近よく見かけるような……」

「すごく変」

　萌日花は頬杖《ほおづえ》を外して腕組みをした。

「あんなのなら、たいしたことはなさそうだけど。なかなか変わった人外も見かけたし。調べたい。でも私、転校生だしな」

「ひょっとして、そこでわたしたちの出番が？」

「そういうこと」

「わたしごときにできることであれば、何なりと！」

とんとん拍子とはこのことだ。

それでいいのか。少なくとも飛《とび》にはあまりいい流れだとは思えない。

「安請け合いしないほうが……」

「ですが、わたしとしては力になりたいですよ。せっかくお友だちになったんですし」

「友だち？」

萌日花《もにか》は目を見開いた。口もちょっと開いている。途端に龍子《りゅうこ》の眉がハの字になった。

萌日花はこれ以上ないくらいぽかんとしているし、龍子はとてつもなく不安げだ。何、この二人。微妙におもしろい。

「……ち、違いました……か？」

「友だちか」

萌日花はすっと立ち上がって龍子の肩に手を置いた。

「そうだね。友だち。よろしく、龍子」

「はい……！」

大きすぎる声だった。萌日花は若干引いていた。飛も少しだけ驚いてしまった。

「嬉《うれ》しそうにしやがってよォ……」

バクがぼやいた。まあ、龍子が嬉しいのなら、べつにいいのだが。龍子が手を貸すのなら、飛もそうするしかない。しかない、ということはないのかもしれないけれど、どのみち手伝うことになるだろう。

でも、萌日花を信用していいのか。

飛には確信が持てない。それどころか、疑わしい。萌日花は結局、バクの問いに答えていないのだ。

浅緋《あさひ》萌日花はいったい何者なのだろう。

＋＋＋＋＋＋＋＋

昼休みが終わるまでまだ時間がある。萌日花にせがまれて、飛と龍子は二年一組の教室へと向かうことになった。萌日花が言うには、そこになかなか変わった人外がいるらしい。

途中で飛は灰崎《はいざき》に尾行されていることに気づいた。萌日花はどこかいかがわしいが、灰崎の行動も不審だ。

二年一組の表札が見えてきたところで、灰崎が急接近してきた。

「あ、あの、ちょっと！」

「……灰崎さん？　何か？」

龍子が応じようとしたら、萌日花が割って入った。

「何？　おじさん」

「浅緋《あさひ》さん、きみじゃない、私は弟切《おとぎり》くんと白玉《しらたま》さんに大事な話があって――」

「ここですれば？　それとも、大っぴらにできないような内緒話？」

「そ、それは――」

灰崎《はいざき》はなんだか悲しげな顔になって、「おぉん……」というような低い声をもらした。図星を指されて、ぐうの音も出ない、といったところだろうか。ぐう、の代わりに発した声が、おぉん、だったのかもしれない。

「……二人とも、何かあったら私に言ってね。お願いだから……」

灰崎はそんな弱々しい言葉を置き土産にして去った。実質的には萌日花《もにか》に追い払われたようなものだ。

龍子《りゅうこ》は狐《きつね》につままれたような顔をしている。

「おかしな灰崎さんですね……？」

「あの人も変わってるんだよ。行こ」

萌日花の口ぶりからすると、やはり二人は以前からの知り合いなのか。

共通点はある。

人外だ。

二人とも、人外についてやけに詳しい。

後ろの出入口から二年一組を覗《のぞ》くと、半分くらいの生徒が教室にいた。萌日花が指さしたのは、前のほうの席で談笑している三人組だった。

三人とも女子だ。一人は席に着いていて、あとの二人は立っている。

「あれか……」

一目瞭然だった。

席に着いている女子の肩の上あたりを、黒っぽい小さな蝶《ちょう》のようなものがひらひらと舞っている。一羽じゃない。二羽いる。

蝶にとてもよく似ているけれど、そんなわけがない。蚊か蝿《はえ》のような虫でも、教室の中を飛んでいたら誰か彼か気にするものだ。蝶や蛾《が》のたぐいだったら、ちょっとした騒ぎになってもおかしくない。

つまり、二年一組の生徒たちにはあの蝶が見えていないのだ。

「えっ――柊《ひいらぎ》さん……？」

龍子が目を剥《む》いていた。

「知ってるの？」

萌日花が訊《き》くと、龍子はその柊という女子を注視したまま、うなずいてみせた。

「はい。柊伊都葉《いとは》さんです。一年生のときに同じクラスで。お友だちです。クラスが別れてからは、あまりお会いしてませんけど……え？　どうして、柊さんに――」

人外が。

龍子《りゅうこ》はそう言おうとしたのだろうが、のみこんだ。

柊《ひいらぎ》。飛《とび》は知らない。一年のとき、飛は龍子とクラスが別だった。小学校でも柊と一緒になったことはなさそうだ。髪が黒くて、長い。まっすぐだ。かなり細い。痩せている。肩幅がえらく狭い。それ以外の目立つ特徴といったら、あの二羽の蝶《ちょう》くらいだ。

蝶じゃない。

人外だ。

柊の人外蝶なのだろう。

「一年生の頃は、いなかった——ってことだよね？」

萌日花《もにか》が思案顔で尋ねた。龍子は「ええ」と即答した。

「いませんでした。間違いありません」

「じゃ、再発か」

「再発？」「再発だと？」

質問がバクとかぶってしまった。萌日花は笑いもせずに、「もともと全員、見えるものらしいよ」とただならぬことを言いだした。

「全員、いるってこと。本人にしか見えないようなものがね。でも、ほとんどは見えなくなる。そうすると、いたものが消えちゃう。それが普通なんだって」

「……ふえぇぇ」

龍子はチヌが入っているポシェットを抱きしめた。

「そういうものなんですね。わたしはたまたま、見えなくならなかった。おかげで……」

バクが、ンンン……と唸《うな》った。飛もすんなりとは納得できない。バクが見えるようになった。その瞬間が、飛の場合、はっきりしている。兄と離ればなれになった。あの直後だ。一つ目の男がバクを持ってきた。飛にしてみれば、見えるとか見えないとかじゃない。兄がいなくなって、バクと出会った。それからずっと、飛はバクと一緒にいる。

そう思ってきた。

兄と二人で暮らしていた頃、バクはいなかった。

二人きりで。

兄と。

——何か、忘れている？

飛はなぜ今、そう考えたのだろう。

「一度見えなくなっちゃったら、それっきり」

萌日花は低い声で説明をつづけている。

「ただ、本人には見えないけど、再発することがあって。再発っていうと病気みたいか。ようは、消えちゃったものがまた出てくる。現れる」

「……では、柊さんも？」

「前はいなかったんだとしたら、そういうことになる。稀《まれ》にあることみたいだし、それ自体はそこまで問題視しなくていいのかも」

「ま、まだ、それ以外にも何か……？」

「数」

萌日花《もにか》は右手と左手の人差し指を立ててみせた。

「一対一なんだよ。絶対じゃないけど、たいていは。一体、一頭、一匹。数え方は何でもいいけど、一人に一つ。言ってみれば、一対一の主従関係」

「オレは飛《とび》の従者じゃねえ。相棒だ！」

バクのファスナーが開きそうになった。怒っている。萌日花が、はいはい、となだめるようにバクを撫《な》でた。

「さわんな！」

「数が多いだけで、めずらしい」

萌日花はかまわず話を進めた。

「しかも、再発なのに。場合によっては、危険かも」

雲行きがあやしくなってきた。だいぶあやしい。というより、今に始まったことじゃなくて、とっくにあやしかったのだろう。ただ飛が気づいていなかったのだ。

飛は人外という呼び名を最近になって知った。知らなくてもどうということはなかった。

名がわからないものはいくらでもある。屋上の縁の低い立ち上がり壁がパラペットと呼ばれていることを知らなくても、それはそこにある。当たり前に、どこまでも普通に、たくさんの名もなき何かが存在している。無関心ではなかったけれど、解き明かしたい謎だというふうに捉《とら》えてはいなかった。

おそらく、飛にしか見えないと思っていたからだろう。

飛には飛の世界がある。飛が見る世界、飛に聞こえる世界、飛が感じる世界と、他の人たちの世界とはきっと別なのだ。

でも、そうじゃなかった。

「……他にも、その——再発が?」

飛の声が小さすぎて聞きとれなかったのか。萌日花は何も言わなかった。

龍子《りゅうこ》は二年一組の教室に首を突っこんで柊《ひいらぎ》の人外蝶《ちょう》に見入っている。

「ですけど、あのちょうちょ……かわいいですよ。色もきれいですし」

ぱっと見は小さな黒い蝶だが、翅《はね》に帯状の青い模様がある。かわいいかどうかは別としても、たしかにけっこうきれいだ。

「見た目じゃ判断できない」

萌日花が呟《つぶや》いた。それから間もなくだった。

人外蝶が柊の肩の上から離れた。

二羽の人外蝶《ちょう》がそれぞれ別の方向へ飛んでゆく。一羽はショートヘアの女子のうなじに、もう一羽は髪の長い女子の左耳に止まった。

人外蝶の翅《はね》がゆったりと動いている。

黒地に鮮やかな青を配した翅は、やがて閉じずに静止した。

「……あぁー」

ショートヘア女子が空いている席に腰を下ろした。

「ご飯後だからかな。眠いよね」

「わかる」

髪の長い女子も近くの椅子に座った。

「だるいわ。午後の授業。マジめんどくさくない？」

「うち、もう帰りたい」

ショートヘア女子は机に上半身をもたせかけた。

「朝から調子いまいちだしなぁ。この頃、なんかねぇ……」

「大丈夫？」

柊《ひいらぎ》がショートヘア女子の背中をさすりながら声をかけた。

「オイ、あれ――」

バクがわずかに身をよじった。飛《とび》は浅宮《あさみや》の机の中に手を突っこんで紺《こん》ちあみの人外をつかまえたときの感触を思いだしていた。急に腹が減りはじめた。さっき給食を食べたばかりなのに。空腹なはずがない。これは飛じゃない。バクが感じている食欲だ。

ふと柊が振り向いた。なんとなく寂しい印象の顔立ちだ。柊は龍子《りゅうこ》に気づいたようで、笑みを浮かべて遠慮がちに手を振ってみせた。

「あっ……」

龍子は両手を高く上げて振《ふ》り返した。振るたびに少しだけだが、ぴょんぴょんと体が宙に浮いている。浮いたところで萌日花《もにか》に背中を押されたものだから、龍子は一瞬、体勢を崩しそうになった。

「――えっ……？」

萌日花は無言で、行ってこい、というふうに顎をしゃくってみせた。

「え？　ええ……と……」

龍子はよろよろと教室に足を踏み入れた。もう入ってしまったので、腹をくくったのか。柊のほうに歩み寄っていって、お久しぶりです、とかなんとか話しはじめた。そのときだった。

二羽の人外蝶が、一斉にショートヘア女子と髪の長い女子から離れた。

「あの人外――」

萌日花はくぐもった声で言って、唇を舐《な》めた。

「警戒してるのかも」

人外蝶《ちょう》はあちこち飛び回ったりしなかった。柊《ひいらぎ》の髪の毛に止まった。まるで蝶の形をした髪飾りのようだ。

「主《あるじ》が人外を意識してない場合でも、人外は他の人外を認識してたりするみたいだし」

「萌日花《もにか》」

飛《とび》は腹をさすった。バクはまだあの人外蝶を食べたがっている。黙って我慢しているのだ。迂闊《うかつ》に食べてしまったら、どうなるか。飛もバクも理解している。

「ん、何？」

「調べたいって」

「うん」

「調べて、どうするの？」

「どうしよ？」

「すぐ、ごまかす」

「じゃあ」

萌日花は、ふっ、と鼻を鳴らした。

「きみは正直？」

「……僕？」

「何でも素直に言う？　全部、話せる？」

飛は答えられなかった。すべて話せるのか。たとえば、龍子《りゅうこ》に。わからない。ただ、話していないことはある。

「人には言いたくないこともあるよ。言えないことも」

萌日花は、誰だってそう、と囁《ささや》くような声で付け加えた。

「でしょ？」

「……手伝って欲しいって、萌日花は言ってたけど」

飛は萌日花のことが信用できない。龍子のように、無邪気には。それでいて、突っぱねる気にもなれずにいる。

「僕らを利用しようとしてない？」

萌日花にすすんで手を貸そうとしている龍子が気がかりだから、静観するわけにはいかない。それもある。でもたぶん、それだけじゃない。

萌日花は目を伏せた。数秒後に飛を見すえた。

「そのときは、そう言うよ」

浅緋《あさひ》萌日花は正直者じゃない。どちらかと言えば、嘘《うそ》つきだ。

「飛はともかく、龍子は友だちだし」

それでも、友だちを裏切るようなことはしない。

なぜだか飛《とび》にはそう思えた。

#1-6_hiiragi_itoha/ 顧みるは心の成長

今日も柊伊都葉《ひいらぎいとは》は学校の帰り道で友だちと別れるまで気を抜かなかった。何しろ、交差点で友だちの姿が完全に見えなくなるまで笑顔で手を振りつづけていた。我ながらよくやったと思う。誇らしさすら感じるほどだ。

「疲れた……」

今日もがんばりすぎるほどがんばったせいで、つい呟《つぶや》いてしまった。

すぐに、いけない、と余所《よそ》行きの表情を作り直す。鏡に映して自分の目で見たわけじゃないけれど、おそらく今、伊都葉はひどい顔をしていた。友だちといったらたった一人しかいなかった、あの頃のような。

伊都葉は背筋を伸ばして歩いた。油断すると下を向いて猫背になってしまう。でも、疲れていた。疲れは毎日感じる。今日はとくに疲れている。

そんなときは公園に行く。つらい思い出もある場所だけれど、緑が多くてたくさんの生き物が棲息《せいそく》しているような環境が、やはり伊都葉には合っているのだろう。

夕方の公園にはいくらか人がいた。ベンチは空いていたので、ほっとした。伊都葉はベンチに座って、離れたところに立っている大きなケヤキの木を眺めた。

あのケヤキの木の根元を掘ればセミの幼虫が見つかる。

もちろん、伊都葉《いとは》はもうそんなことはしない。中学二年生の女子が幼虫探しなんかするわけがない。

蝶《ちょう》や蛾《が》、セミ、カブトムシ、コガネムシ、トンボたちの標本はすべてゴミの日に出した。あれだけ大事にしていた図鑑も、自分で描いた昆虫の絵も全部、捨ててしまった。祖母が縫ってくれた黒と青の服はしまってある。どれもサイズが合わないし、そうでなくても二度と着ることはないけれど、さすがに処分するのは祖母に悪い。ただ、祖母が亡くなったら、どうだろう。正直なところ、当時、着ていた服がまだ家の中にあると思うだけで、気持ちがふさぐ。

こうして、振り返りたくない過去がこびりついている公園に一人でいるとき、伊都葉はもっともくつろげる。なんとも不思議だ。

でも、そのうち家に帰らないといけない。

家は嫌いだ。

学校に行けば、気を張っていないといけない。

祖母は病気がちで、しばらく入院している。認知症の疑いもあるので、退院できないかもしれない。

伊都葉はスマホを出した。祖母が買ってくれたものだ。ロックを解除して、アプリを起動する。タイムラインを流し読みしているうちに、我慢できなくなってきた。

【久しぶりに白玉龍子《しらたまりゅうこ》と話した。愛想よくていい子だけど疲れた】

名前を入力して送信しても大丈夫だ。タイムラインに表示される伊都葉のメッセージでは、個人名が自動的に伏せ字になっている。すぐに他のユーザーから反応があった。

【いい子の相手って疲れるよね】

【圧が強くてきちぃー】

【同調圧力つらすぎｗｗ】

【協調性の暴力ですよ】

たまによくわからない見当違いなリプライも飛んでくるけれど、自分と似たようなことを考えている人たちがどこかにいるのだと思うと安堵《あんど》する。

【ずっと自分を偽って演じることに疲れてる】

伊都葉が誰にも言えない本心を吐露すると、誰かが秒で返信してくれる。

【それは疲れるわ】

【お疲れ様だよ。よしよし】

【もっと自分に正直になってもいいんじゃない？】

【無理は禁物】

【大事なのは本当の自分だから】

【あるがままの自分でいればそれでよしだよ】

【自分自身を見つけよう！】

【難しく考えなくていいんだよ】

【ただ自分自身を探しあてればいいだけ】

【自分を探そう！】

【自分を見つけだそう！】

「……それができたらな」

【できる、できる】

【無理じゃないって】

【解き放てばいいんだよ】

「……解き放っ――」

伊都葉《いとは》の脳裏に、翅《はね》を羽ばたかせて飛び立つ蝶《ちょう》が浮かんだ。その瞬間だった。

だしぬけに目をふさがれて何も見えなくなった。心臓が爆発しそうになって、伊都葉は悲鳴も上げられなかった。後ろから誰かが目隠しをしている。誰かが。誰が。ただただ恐ろしかった。

「だーれだ？」

耳許《みみもと》で言われた。すぐにわかった。誰の声なのか。でも、信じられない。伊都葉は答えられなかった。その誰かは目隠しするのをやめてベンチを回りこみ、伊都葉の正面で笑ってみせた。

「ルカちんでーす。おひさっ」

まだ信じられない。

雫谷《しずくだに》ルカナだ。

どこからどう見ても。

「ん？　んん？」

ルカナは体を右に倒したり、左に倒したりした。

「どうしたの、イトハ？　ルカちんだよ？　オバケじゃないよ？　人生色々あったりするけど、ちゃんと生きてるよ？　イトハは元気そうだねぇ？　ずいぶん育ったね？　成長したんだね？　見違えちゃったよぉ。ねえ？　どしたぁー？　んんん？」

「や、やめて」

伊都葉は両手で耳をふさいだ。目をつぶることはできなかった。見えなくなるのは怖い。何をされるかわからない。きっと何をされてもしょうがない。

「やめて。お願い。やめて……」

ルカナは不意に彫像のように動かなくなった。眼鏡《めがね》の向こうの目も作り物のようだ。

今だ、と思った。

伊都葉《いとは》は立ち上がるなり駆けだした。全力疾走しながら、スマホをしっかりと握っていることを確かめた。落とすわけにはいかない。スマホは必要だ。このスマホだけは。伊都葉は振り返らずに走った。息が切れても走りつづけた。

＃2／どこにでもいるよ（う）なmundane lives

願い事一つ誰にも言わないで
ひけらかして濁る腐らせるまで
願い事一つ誰にも見せず隠して
喜びは世界で一人僕だけのものなんだ

──『作品＃9』S

◉ #2-1_shizukudani_rukana/ 人には人の作法がある

小学校三年生のとき、初めて同じクラスになった。

その子はいつも本を持っていた。厚くて、大きな本。図鑑だ。

やせっぽちで、姿勢が悪くて、毎日、黒と青の服を着ていた。真っ黒い髪に青いリボンをつけて、暗い目をしていた。穴ぼこみたいな目だった。

誰でも思う、一目見ただけで、変わった子だ、と。

雫谷《しずくだに》ルカナもそう感じた。

ずいぶん変わった子だ。

それが柊《ひいらぎ》伊都葉《いとは》の第一印象だった。

伊都葉は疎外されていた。迫害されてすらいた。先生がいないところでなら、その子には何を言ってもいい。何をしたっていい。許される。

毎朝、伊都葉の机の上には色々な物が置かれていた。丸めた紙くずだとか、消しゴムのかすとか、そのへんでむしってきた雑草だとか、土のついた根っことか、あとは、虫の死骸だとか。

それらのゴミをゴミ箱に捨てるところから、伊都葉の一日は始まる。ただ、虫の死骸だけは、ゴミ箱には捨てない。外まで持っていって、花壇に埋める。アリでも、ハエでも、カナブンでも。

伊都葉は大きな厚い本を持ち歩いている。『蝶《ちょう》と蛾《が》の写真図鑑――オールカラー世界の蝶と蛾５００　完璧版』という図鑑を。よくその図鑑を開いて見入っている。伊都葉は蝶と蛾がよっぽど好きらしい。虫の死骸をわざわざ埋葬するのは、きっと蝶や蛾だけじゃなくて、虫全般が好きだからだ。

男子も女子も、汚い言葉をゴミ箱に捨てるように、伊都葉のことを「きもい」と言ったり、「気持ち悪い」と言ったりした。「なんかくさい」とか、「汚い」とか、「不気味」だとか、「妖怪みたい」だとか、「幽霊っぽい」だとか、「地縛霊」だとか。陰口じゃない。みんな、わざと本人に聞こえるように言うのだ。でも、伊都葉は黙って下を向いているか、図鑑を読んでいるか。とにかく言い返さない。

その様子を見て、「聞こえないみたい」と何人かで笑う。そこまでがワンセットだ。いったい何がおもしろいんだか。そう思いながらも、ルカナはお付き合いでうっすらと笑みを浮かべておく。

くだらない、と内心では同級生たちを見下しながら。

馬鹿で、下品で、愚かだから自分が下劣だということにも気づいていない同級生たちよりも、変わり者の伊都葉が気になった。

伊都葉《いとは》の住所はすぐに突き止めることができた。家からそれほど遠くない公園を一人でよくうろついていることもわかった。

人目につきたくないので、ルカナは偶然通りかかったふりをして、その公園で伊都葉に声をかけた。

「柊《ひいらぎ》さん、何してるの」

伊都葉は木の根元にしゃがんでいた。顔だけ上げて、穴ぼこみたいな目でルカナを見つめた。

「幼虫」

伊都葉は小さな声で言った。

「幼虫を探している」

「何の幼虫？」

ルカナが尋ねると、伊都葉の穴ぼこみたいな目が広がった。

「セミ」と伊都葉は答えた。最初よりも大きな声だった。でも、その声は震えていた。ルカナにはわかった。伊都葉は興奮していた。喜んでいた。

「セミの幼虫」

+++ + ++++

学校の中では一切話さなかった。それは危険だった。雫谷《しずくだに》ルカナがあの柊伊都葉と仲よくしている。そんなふうに思われる危険を冒すわけにはいかなかった。人目を忍んで、伊都葉とは必ず学校の外で会った。伊都葉は「どうして？」とは訊《き》いてこなかった。ルカナが見込んだとおりだった。そんなわかりきった質問をしてくるほど、伊都葉は愚かではなかった。

伊都葉は変わっていた。でも、頭の働きが鈍いわけじゃない。平気で土を掘り返して幼虫を探したり、素手で蝶《ちょう》や蛾《が》をつかまえたりするけれど、ちゃんと石鹸《せっけん》で手を洗うし、毎日入浴しているので、不潔じゃない。真っ黒い髪もしっかりブラッシングしていて、まっすぐだし、つやつやしている。伊都葉は黒と青の服しか着ない。普段着はどれもちょっと見たことがないような服だ。それもそのはずで、ジャージや肌着、靴下などを除くと、伊都葉の服は大半が既製品じゃない。伊都葉の祖母が洋裁を得意としている。祖母に頼んで黒と青の布地で服を作ってもらい、伊都葉はそれを着ている。いつもつけている青いリボンも、余った布で祖母が作ってくれたものだ。

ルリタテハ、という蝶がいる。

とりたててめずらしい生き物じゃない。東アジアと南アジアに分布。日本にもいる。北海道の南部から南西諸島にまで。

昆虫全般が好きで、蝶《ちょう》と蛾《が》がたまらなく好きな伊都葉《いとは》が、中でもこよなく愛する蝶が、ルリタテハだ。

ルルカナは伊都葉がつかまえたルリタテハを見せてもらったことがある。生きているルリタテハだけじゃない。伊都葉が標本にしたルリタテハも。

伊都葉の家には標本がたくさんある。全部じゃないけれど、伊都葉が自分で作った標本も多い。その全ての昆虫について、伊都葉はすらすらと説明できる。昆虫の生態を語りながら、感極まって涙ぐむこともある。

「でも、私はルリタテハが一番好き。最初に出会ったときからずっと好きなの」

ルリタテハはめずらしい蝶じゃない。ただ、ちょっと変わっている。翅《はね》を開いた状態の翅表《しひょう》は黒っぽくて、明るい青色の帯模様が目を引く。

「きれい」

ルカナは素直にそう思ったし、口に出して言った。

黒と青。黒で引き立つ、鮮やかな青。伊都葉が黒と青の服を着て、自分の黒髪を大切にし、青いリボンしかつけないのは、ルリタテハへの愛ゆえなのだ。

「だけど翅裏《はねうら》は、ぜんぜん違うの」

ルリタテハについて話していると、血色が悪い伊都葉の顔にみるみる赤みが差してゆく。伊都葉の目は穴ぼこじゃなくなる。潤んできらきらと輝きだす。

ルリタテハが翅《はね》を閉じると、その裏側が、まるで枯れ葉のような翅裏が現れる。木にとまっていると、そう簡単には見つけられない。翅表とはかけ離れていて、きれい、とはとても言えない。目立たない。擬態。ルリタテハは身を守るために進化して、その翅裏を獲得した。

伊都葉はベージュか、もっと濃い色の下着をつけていた。祖母に作ってもらう黒と青の服の裏地は焦茶色だった。

「私はルリタテハなの」

＋＋＋ ＋ ＋＋＋＋

ルカナはピアノとバレエを習っていたし、頻繁に、というほどではないけれど、伊都葉の家に遊びに行った。

伊都葉の両親は共働きで、二人とも午後七時か八時にならないと帰ってこない。小学校一年生まで、平日はたいてい祖母の家で過ごしていたという。二年生になってからは一人で留守番をするようになった。

「寂しくない？」

ルカナは伊都葉にそんな月並みな質問をしたことを覚えている。あまりにも陳腐な問いかけで、あとから思い返すと恥ずかしくてしょうがなかった。

「私、寂しくない。平気」

伊都葉《いとは》には昆虫採集や標本作り以外にも熱中していることがあった。

絵だ。

ルカナがその質問をしたときも、伊都葉はリビングのテーブルに広げた画用紙の上に蝶《ちょう》の絵を描いていた。中南米に棲《す》むアグリアスという種類の蝶だった。

伊都葉は色鉛筆とクレヨン、水彩絵の具を駆使して、写真のような絵を描くことができた。ルカナは伊都葉が一年生のときに描いたアゲハチョウの絵を見せてもらった。その時点でも上手だった。伊都葉には言わなかったけれど、天才的だと思ったくらいだ。

「お祖母《ばあ》ちゃんにはたまに見せるけど、親には絶対、見せない」

昔、母親に「何、その絵。気持ち悪い」と罵られたことがあるのだという。伊都葉は泣きながらその絵を破って捨てた。それ以来、親には絵を描いていることすら隠している。

画材は祖母にねだって買ってもらう。

「でも、すぐなくなっちゃうから、大事に使わないと」

ルカナは貯《た》めていた小遣いで七十二色の色鉛筆セットを買い、伊都葉の誕生日にプレゼントした。伊都葉は飛び跳ねて喜んだ。本当に何回も跳ぶものだから、さすがにルカナは怪訝《けげん》に思った。

「どうしてジャンプしているの？」

「七十二色だから、七十二回ジャンプしようと思って。本当にありがとう、雫谷《しずくだに》さん」

「ルカナでいいよ」

そう言うと、伊都葉は急に跳ねるのをやめた。

「――え？」

「こっちは伊都葉って呼んでいるし。ルカナでいいよ」

＋＋＋＋＋＋＋＋

ひとの家にはそれぞれ独特のにおいがある。伊都葉の家は時間の経《た》ったお醤油《しょうゆ》のようなにおいがした。お世辞にも片づいているとは言えない古い二階建てだった。床のあちらこちらに新聞紙やチラシ、封筒や葉書などの郵便物、学校で配布されるプリント、雑巾なのかタオルなのか判然としない布きれ、洗濯物、筆記用具、ハサミやカッター、ドライバーのような工具、等々、色々な物が落ちていた。とくに台所はひどかった。シンクにも調理台にも汚れたままの食器や包丁、鍋、フライパン、箸、フォーク、スプーンが放置されていた。喉が渇くと、伊都葉は冷蔵庫からペットボトルの飲料を出して直接口をつけた。ルカナは麦茶やほうじ茶を入れた水筒を持参し、それを少しずつ飲んだ。

狭くて暗くて急な階段を上がった先にある伊都葉《いとは》の小さな部屋は、絵や標本だらけで足の踏み場もなかった。散らかったリビングの、埃《ほこり》っぽいソファーと低いテーブルの一帯が二人だけの王国だった。二人ともソファーには腰かけないで、床に座った。伊都葉が色鉛筆やクレヨン、絵筆を操る様《さま》はいくらでも見ていられた。絵を描いている間でも、伊都葉は話すことができた。いつもじゃない。ある作業の際は集中しなければならないし、別の作業だとルカナとおしゃべりをしながらでも問題なく進められる。ルカナにはその区別ができた。日によってはほとんど口をきかないこともあったが、絵を描く伊都葉と、完成に近づいてゆく彼女の絵を眺めているだけでも、ルカナは退屈しなかった。

夏の初めのある日、二人は四年生だった。

伊都葉は窓を開け放ったリビングのテーブルに画用紙を広げると、絵ではなくて字を書いてみせた。

柊《ひいらぎ》　イトハ

——と。

「これはルカナの真似《まね》なの」

伊都葉が書く字は彼女の絵と同じく精緻で、活字のように整っている。それなのに伊都葉は恥ずかしそうに顔を伏せていた。

「私はルカナに憧れているの。だからルカナの真似をしたくて。だけど、もしルカナがいやならやめるから、そう言って欲しい」

ルカナはイトハを後ろから抱きしめた。ほんの少し古いような、甘酸《ず》っぱいような匂いがした。イトハは全身をこわばらせていた。ちょっぴり震えてさえいた。

「いやじゃないよ」

ルカナはイトハの耳許《みみもと》で囁《ささや》いた。

「いやなわけないし。むしろ、嬉《うれ》しい」

そのときだった。ルカナは決心した。言おうか言うまいか、ずっと迷っていた。誰かに話したかった。けれども、打ち明けるに値する相手がいなかった。心の底から思えた。イトハになら、話しても大丈夫だ。

「あたし、見えるの」

「――見える？」

「いるの。あたしにしか見えないものが」

「ルカナにしか、見えない……」

イトハはルカナに抱きしめられたまま、それを探そうとして首を巡らせた。ルカナはイトハを放さなかった。抱き寄せてイトハを振り向かせ、ソファーの上を指さした。

「そこにいる」

イトハは眉根を寄せて穴ぼこみたいな目を凝らした。イトハに見えていないことは明白だった。それはルカナもとうにわかっていた。イトハにも見えたらどんなにいいか。そう思いはしても、期待してはいなかった。望みはほとんどない。ルカナはずっと思い知らされてきた。

ルカナには見える。ルカナにだけ。

それはソファーの上にいる。生まれて初めてそれを目にしたら、ルカナでもぎょっとしてしまうかもしれない。

「赤ちゃんみたいなの。毛はない。一本も生えてない。人間とは違う。人間なら腕があって脚があるでしょ。違うの。腕しかないの。でも、二本じゃない。四本あるの。腕と脚が二本ずつじゃなくて、腕が四本。四本の腕を動かして歩くの。だから、腕みたいな脚なのかな。四本脚。偶然ここにいるんじゃない。ついてくるの。あたしのそばにいる。ずっと、あたしのそばに。ああ、それからね。目が四つあるの。二つじゃなくて四つ」

イトハはルカナにしがみついた。かたかたと歯が鳴るくらい震えている。おそらくイトハは怪談か何かだと思っている。でも、ルカナが言うことだから、ただイトハを怖がらせようとしているわけじゃない。本当の話なのだと、イトハは信じている。

「大丈夫。大丈夫だから」

ルカナはあえて笑ってみせた。

「怖がらないで。怖くないの。何かするわけじゃないし。ただあたしのそばにいるだけだから。いつからなのかな。物心がついた頃からいるの。どこに行ってもついてくる。片時もあたしから離れないの。あたしはそういうものだと思ってるから、なんでもないの。ただ、誰にも見えないの。あたしにしか。だから話しても無駄。どうせ誰も信じてくれないから。そう思うようにしてきたの。そこにいるのに。あたしには見えるのに」

「どうして私には見えないんだろう」

イトハが突然、ぼろぼろと涙をこぼしはじめた。

「私も見えたらいいのに。私には見えないの。見えるって言えたらいいのに。でも、言えないの。私には見えないんだもの」

「わかってる」

いつの間にかルカナも泣いていた。イトハにも見えたらいいのに。本当にそう思う。一方で、見えなくてもしょうがない、とも思う。イトハは変わった子で、独特で、天才的なところがある。凡庸じゃない。イトハはルカナの友だちにふさわしい。しかし、ルカナには見えるものがイトハには見えない。

ルカナは特別で、イトハはそうじゃない。

それだけのことだ。

＋＋＋＋＋＋＋＋

三歳になる前の出来事を覚えている。

ルカナは父に買い与えられた『あいうえおの本』という絵本を見ながら、お絵かき帳にひらがなを書いていた。それを見た母が目を丸くして大声を出した。

「ルカナ、ひらがな書けるの！」

「書けるよ」

そう答えてお絵かき帳のひらがなを書いたページを開いてみせると、母は拍手をして喜んだ。

「すごい、天才！」

誇らしげな母の表情がルカナの目に焼きついている。

三歳の時、父の誕生日にクレヨンで「ＨＡＰＰＹ　ＢＩＲＴＨＤＡＹ　ＰＡＰＡ」と画用紙に書いて渡した。父は疑った。

「これ、ルカナが書いたのか。嘘《うそ》だろ？」

ルカナは父の前でお絵かき帳に同じ英文を書いてみせた。父は娘をたかいたかいしながら、繰り返し叫んだ。

「すごいな、ルカナは天才だ！」

見下ろす父の眼鏡《めがね》が少し曇っていたことをルカナは覚えている。

幼稚園に通っていた頃は、日曜日ごとに母にせがんで大型書店に連れていってもらった。買ってもらう本を一冊選び、別に二冊の本を読み終えるまで、ルカナは頑として書店から出なかった。年長組のときには小学校高学年向けの本を読んでいた。ふりがなのない漢字があると、辞典で調べて読み書きができるように練習した。練習といっても、三度か四度書くだけでルカナには十分だった。

両親とも目が悪い。父は眼鏡をかけているし、母はコンタクトレンズをつけている。ルカナも小学校で視力検査を受けると近視だと言われた。顔立ちは父と母の中間で、骨組みは父に似ている。でも、それ以外の部分はかけ離れていると、小二の夏に思った。

父も母も集中力が欠如していた。向上心に乏しくて、根気もあまりなかった。二人は些《さ》細《さい》なことで喧嘩《けんか》をした。仲直りをしてもすぐに揉《も》めはじめた。性懲りもなく同じことを繰り返した。

あの二人がとくに愚鈍なわけじゃない。多くの人間はその程度のものなのだと、ルカナは小二にして悟った。そういう人たちばかりが住む世界で、ルカナは生きてゆかないといけないのだ。

もちろんルカナは、不用意に他人を馬鹿扱いしたりはしなかった。

幼稚園の年長組時代、神城将輝《かみしろまさき》という体格のいい男子にジャングルジムのてっぺんまで登らされて、ここから飛び降りろと強要された。

「おまえ、生意気なんだよ！」

怒鳴る日に焼けた神城《かみしろ》の顔をルカナは覚えている。

同じく年長組のとき、湯沢心穂《ゆざわここほ》がよくルカナの髪を引っぱった。あまりに強く引っぱるので、痛くて思わず泣いてしまったことがある。幼稚園の先生に叱られると、湯沢はいたずらのつもりだったと言い訳をしてしゅんとしてみせた。でも、違う。あの行為には明らかに悪意があった。

神城や湯沢に限らない。ルカナに敵意を持って危害を加えてくる子供が少なからずいた。なぜだろう。ルカナは考えた。たしかにルカナは自分よりも劣った者たちを軽く見ている。かといって、叩《たた》いたり蹴ったりするわけじゃない。わざわざけなすこともない。それなのに、目の敵《かたき》にされる。神城や湯沢はいったい何が気に入らないのだろう。

ようするに、神城や湯沢のような者たちは、ルカナがすぐれていること自体が気に食わないのだ。

出る杭《くい》は打たれる。この世界には出る杭を打とうとする者がいる。出る杭を打って低くしたところで、自分が出る杭になれるわけじゃないのに。前を走る者がいれば、足を引っぱる。そんなことをしても、自分の足は速くならないのに。

「あたしは特別じゃないふりをすることにしたの」

古い醤油《しょうゆ》のようなにおいがするイトハの家で、ルカナは長年胸の奥にしまいこんできた秘密を明かすようになった。

「浅ましい連中にやっかまれると、何かと厄介でしょ。あの手のやつらって、数だけはやたらと多いし、すぐ徒党を組むから。あいつらが本能的にわかってる真実が一つだけあって。多勢に無勢。数は力。馬鹿の大軍勢を相手にまともに戦っても、こっちは消耗するだけなの。適当にやりすごせばいい」

「……私はうまくできない」

「いいの。だって、イトハにはあたしがいるでしょ？」

ルカナがそう言うと、イトハは穴ぼこの目を潤ませ、体中をかたかた震わせた。顔のあちこちがあべこべに引き攣《つ》れていた。あのとてつもなくみっともない表情を、ルカナはそっくりそのまま覚えている。いつでもありありと思い浮かべられる。

#2-2_shizukudani_rukana/ 天性

子は父と母から半分ずつ遺伝子を受け継いで、この世界に生まれ落ちる。

遺伝子はたくさんある。それらの組み合わせによって、肉体的な特徴や性格、運動神経、知能など、いわゆる素質と呼ばれるものが、ある程度までは決まってしまう。たとえば学力だと、七割くらいが遺伝子次第だ。

ルカナの両親はどちらも凡庸だが、たまたま、奇跡的に組み合わせがよかった。それで鳶《とび》が鷹《たか》を生んだ。

イトハもそうだ。父親は運送会社に勤務していて、母親は介護の仕事をしている。二人とも働き者らしいが、ろくに絵を描けない。蝶《ちょう》や蛾《が》を含めた虫の生態をそらんじているイトハのような記憶力もない。イトハの才能を認めすらしない。祖母だけはイトハの理解者だが、いつも孫を「イトちゃんはすごいね」と褒めたあとにこう付け足すのだという。

「ほんと、誰に似たんだかね」

ルカナは毎晩、部屋のベッドで布団にくるまって、眠りに落ちるまで考えごとをする。布団の中に入ってくるあれを抱きしめて、自由に想像を膨らませる。

イトハには話していないが、お気に入りの空想がある。

前世でルカナとイトハは二人きりの姉妹なのだ。

当然、前世なんてルカナは信じていない。もし人間が生まれ変わるとしたら、人口が一定でないと変だ。辻褄《つじつま》が合わない。

あくまでも単なる空想だ。二人は色々な場所、様々な時代に、姉妹として生まれる。ときとして、生き別れになっていることもある。それでも二人は出会う。

人間がせいぜい百二十歳、たいていは九十歳とか八十歳、もっと若く死んでしまうことも、ルカナはちゃんとわかっている。だから、姉妹は必ず死んでしまう。ルカナが先に死ぬこともあれば、その逆もある。別れはいつも悲しくて、つらい。けれども、二人は生まれ変わってまた出会う。

イトハにはまだ話していない。いつか話して聞かせようとルカナは思っていた。

ただの空想でしかない。たわいない就寝前の時間潰しだ。

ルカナとイトハは姉妹じゃない。生まれ変わることはない。輪廻《りんね》転生も、天国も、地獄も、極楽浄土も、ルカナは信じていない。死んだらきっとそれっきりだ。二人はいつか死ぬだろう。一回きりの別れは永遠に二人を引き裂いてしまう。どちらかが死ねば、二人はもう二度と会えない。それが現実だ。

でも、だからこそ、出会えたことに大きな価値がある。

せめて別れが訪れるまでは、一緒に過ごす時間を大切にしたい。

ルカナはいつかイトハにその話をしようと思っていた。

二人は小学校五年生だった。

夏休みになる前に話そう。それとも、夏休み中のほうがいいだろうか。

終業式の四日前、昼休みに同じクラスの女子たちに誘われて教室を出ようとしたら、木《こ》枯沢《がれざわ》万里彦《まりひこ》という男子に声をかけられた。

「雫谷《しずくだに》さん、ちょっといい？」

ルカナはひどく驚いた。その驚き方に我ながらびっくりしたほどだった。

「え、何？　これから体育館に行かなきゃいけないんだけど……」

体が熱くなって、やけに早口になってしまった。ルカナは木枯沢の顔をまともに見られなかった。木枯沢は見た目がいいことで有名で、女子の間では某人気アイドルに似ていると囁《ささや》かれていた。ぎゃあぎゃあ騒がしい男子たちとは一線を画していて、物腰がやわらかかった。アニメを観《み》ず、マンガも読まず、ゲームもしないで、「お父さんの本棚に並んでる本」ばかり読んでいるらしい。「木枯沢は天然」と評されることもあった。

春の遠足でルカナは偶然、木枯沢の隣を歩いた。ルカナはいつもどおり普通に話していただけなのだが、木枯沢がふとこんな言葉を口にした。「雫谷さんは、何か不思議な人なんだね」と。

今日の放課後、学校の近くにある公園で話したい、というのが木枯沢の用件だった。断る理由もないような気がして、ルカナは承諾した。

公園には同じクラスの男女が六、七人集まっていた。野次馬《やじうま》だった。でも、ルカナと木枯沢が座るベンチの周りには誰もいなかった。木枯沢は妙に淡々と、ルカナに好意を持っていて、よく寝つけない日もあると語った。

「付き合ってください」

木枯沢にそう言われて、ルカナは思わず尋ねた。

「付き合うって、何をするの」

「何をするんだろうね……」

木枯沢は少し困ったように眉をひそめた。

翌日はイトハの家に行く日だった。イトハが絵を描きだす前に、ルカナはまず木枯沢の件について報告した。

「木枯沢くんと付き合ってみることにした。付き合うって何するのって訊《き》いたら、ずっと悩んだあげく、出てきた答えが『お互いを知るってことかな』だって。何それ。あたし、笑っちゃった」

「……それなのに、付き合うことにしたの？」

イトハは両腕でテーブルにしがみつくような姿勢で下を向いていた。どうも様子がおかしい。まるで痛みをこらえているかのようだ。

「そういう経験、しておくのも悪くないかなって……」

ルカナは血の気が引くのを感じた。何かとんでもないことをしでかしたのだろうか。そんなことはないはずだ。

「彼氏がいる子もクラスに何人かいるし。小学生同士だから、それこそ何をするってわけでもないだろうけど。早すぎるのはいやだけど、遅いのもなんか微妙だし――」

「もし、木枯沢《こがれざわ》くんじゃなかったら？」

「どういう意味？」

「告白してきたのが木枯沢くんじゃなかったら、ルカナは付き合ってた？　甲斐山《かいやま》とか、谷地浜《やちはま》とか、茎田《くきた》だったら？」

イトハは同じクラスの男子の名前を次々と挙げた。甲斐山は学年で一番足が速い。谷地浜はお笑い芸人を目指している。茎田はテストで百点しかとらないと公言し、同級生たちに自分のことをミスター・パーフェクトと呼ばせていた。

「どうかな……」

ルカナは考えてみようとしたが、考えるだけ無駄だという結論がすぐに出た。

「付き合ってないかな」

「なんで？」

「木枯沢くんって……見栄えがするでしょ。他の男子みたいにうるさくないし。不愉快じゃないっていうか」

「それだけ？」

「一回、付き合ってみるだけだよ？」

「木枯沢くんと、付き合ってみるだけ」

イトハはテーブルに重い空気のかたまりを吐きだすように言ってから、さらにため息をついた。それから「そっか」と呟《つぶや》いたきり、黙りこんだ。ルカナが声をかけてもうなずいたり首を振ったりするだけで、ろくに返事をしなかった。絵を描こうともしなかった。

結局、二人はその日、一度も目を合わせなかった。ルカナはイトハの家を出た。

＋＋＋＋＋＋＋＋

イトハと口をきかないまま夏休みになった。昼間なら、イトハはたいてい家に一人でいるはずだ。ルカナは三度、イトハの家を訪ねた。何回チャイムを鳴らしても、イトハは出てこなかった。三度目の帰り道、あまりにも腹が立って、もういい、イトハなんか知らない、これっきりにしようと心に決めた。それなのに、次の日の午後にはイトハがよく昆虫採集をしている公園に足を運んでいた。

黒と青の服を着て虫網を持ったやせっぽちの女の子が、何かを追いかけていた。

声をかけると、穴ぼこの目がルカナを見た。その底なしのような瞳に、これまで何度となく見つめられた。言ってみれば、ルカナは数えきれないほどその穴に落ちた。

ルカナが近づいてゆこうとすると、イトハは虫網を振り回しながらあとずさった。

「来ないで」

思いも寄らない反応だったから、ルカナは衝撃を受けた。傷ついたし、頭にきた。あの黒い髪の毛を引っ掴《つか》んでぐちゃぐちゃにしてやりたい。痩せた体を引き倒し、馬乗りになって殴ってやりたいとまで思った。どうしてイトハはそんな理不尽でむごい仕打ちをルカナにするのだろう。わけがわからない。

「わかった。近づかないから」

そうだ。ルカナは足を止めた。理由が知りたい。

「話そう？　それとも、あたしとはしゃべりたくもない？」

「……そんなことは」

イトハはうつむいて、虫網を振り回すのも下がるのもやめた。

「どうして？」

ルカナは理由が知りたいだけだ。イトハを責めてはならない。感情的な、きつい言い方をしたら、イトハはたぶん答えを教えてくれない。それどころか、逃げてしまう。詰問する口調にならないように、細心の注意を払った。

「家にいなかったの？　いたけど、無視したの？　何かあった？　あたしはただ知りたいの。わからないのが一番いやだし。イトハは知ってると思うけど、これがあたしの性格っていうか、性質だから」

「……木枯沢《こがれざわ》くんと、仲よくしてるの？」

「連絡はとりあってる。それくらい。夏休みだし」

「そう」

「木枯沢くんが何なの？　何か引っかかることでもあるの？　木枯沢くんが嫌いなの？」

イトハは首を横に振った。黒髪が乱れるほど激しく振った。強すぎる否定だった。ルカナは唖然《あぜん》とした。

今までまったくそのことに考えが及んでいなかった。ありえないと決めつけていた。

「イトハは、木枯沢くんのことが好きなの？」

「す、好きじゃない」

「でも、嫌いじゃないでしょ」

「……嫌いじゃ、ない。ただ――」

「ただ、何なの？」

木枯沢万里彦《まりひこ》は小学校五年生の男子にしては読書家で、博識だ。容姿に加えて、その点が彼を特徴づけていた。物知りだということはルカナも承知していた。でも、イトハが言うには、木枯沢《こがれざわ》はとりわけ生物全般に興味があって、大人が読むような専門書まで読んでいるらしい。

「――木枯沢くんは、蝶《ちょう》とか蛾《が》のことも、詳しくて……」

「どうして……どうしてイトハがそんなこと知ってるの？」

「ここで。この、公園で……前に、私、蝶を、探してて……」

「今みたいに？」

「……それで、そのとき……木枯沢くんに、話しかけられて……」

柊《ひいらぎ》さんの服、ルリタテハみたいだよね、と言われたのだという。僕、好きなんだ、ルリタテハ、蝶の種類なんだけど、と。

知ってる、とイトハは答えた。これはルリタテハだもの、と。

やっぱり。

そう言って、木枯沢は笑ったらしい。

前から思ってたんだけど、柊さんは昆虫採集、好きなんでしょう。僕もなんだ。春休みや夏休みには、お父さんが遠くの高原とか湿地、森なんかに連れてってくれて。キャンプをするんだ。一日中、虫取りとか、釣りとか、そんなことばかりして。木に蜜を塗っておくと虫がたくさん集まってきて、見てるだけで本当にすごいよね。

「――『いいな』って、つい……私は、そんなこと一回も、ないし……」

イトハの両親は正月やお盆なども仕事がある。父親と母親の休みが重なることはまずないので、泊まりがけの旅行もイトハが小学校に上がった年に一度行ったきりだ。

「だから、うらやましくて……そうしたら、木枯沢くんは――」

木枯沢はイトハの家庭の事情なんて知る由《よし》もない。でも、何か察したようだ。しばらく考えこんだあとで、木枯沢は、行けるよ、とイトハに言ったのだという。

僕たち、まだ子供だし、自分一人じゃなかなか遠出できないけど、再来年には中学生だろ。それから三年したら高校生になる。アルバイトしてお金を稼げるようになれば、どこにだって行けるよ。僕はそうするつもりなんだ。キャンプだって、お父さんと一緒じゃなくて、一人で行ってみたいから。

「――私はずっと、このままだとばかり……だけど、そんなことはないのかもしれない。時間が経《た》てば、色々と変わるし……変われるのかもって、思って……」

「知らないよ？」

感情的になってはいけない。冷静でないといけない。近づかないと、ルカナはイトハに言った。詰め寄ったりしてはいけない。なぜルカナは自分自身を止められないのだろう。

「そんなの聞いたことない。いつの話？　最近？　あたしが木枯沢くんに告《こく》られる前だよね？　黙ってたの？　内緒にしてた？　なんで？　どういう理由で？」

「……ごめんなさい」

イトハは逃げなかった。でも、縮こまって謝った。気がとがめているのだ。イトハは自分に非があると思っている。

「言えばよかったでしょ？　そんなことがあったなんて、言ってくれなきゃわからないでしょ？　あたしに隠し事するなんて。あたしは言ったよ？　木枯沢《こがれざわ》くんに告られたから付き合うことにしたって、話したよ？」

「でも、それとこれとは……」

「違わないよ？　あたしはイトハに何だって話してる。嘘《うそ》も秘密もない。イトハだから話してる。イトハは違ったんだ？　秘密があったんだ。嘘ついてたんだ」

「嘘とか、秘密とかじゃ……」

「木枯沢くんに話しかけられて、ちょっといいなって思ったんだったら、言えばよかったじゃない。聞いてたら、あたし、付き合ったりしなかった」

「そういうことじゃない！」

イトハが叫んだ。肺が破れてしまいそうな大声だった。

「ルカナはちっともわかってない！　言ってないことなんて、いっぱいある！　ルカナには話せないことが、わたしにはたくさんある！」

声の大きさよりも、その言葉の意味がルカナを打ちのめした。ルカナは自分がどこに立っているのか、二本の足で立っているのかどうかさえ、わからなくなった。感覚がなかった。体の重みを感じなかった。

「私は違うの。ルカナとは違う。何もかも違う。違いすぎる」

イトハはいったい何を言っているのだろう。ルカナにはわからない。ひょっとすると、日本語じゃない、どこか知らない国の、別の言語を話しているのかもしれない。

「ルカナと違って、私は何もできない。何一つ、うまくできない。友だちだって欲しかった。学校ではいつも一人。寂しかった。寂しくて、つらくて、みんな楽しそうで、うらやましかった。いつも大勢に囲まれて笑ってる、ルカナがうらやましかった。私には手に入らないものを、ルカナはいっぱい持ってる。お父さんもお母さんもやさしくて、大事にしてくれて、友だちもいる。頭がよくて、習い事もしてる。何だってできる。私には何もない。何も。絵なんか描いてたって、どうせ何にもならない。いくらルリタテハが好きでも、私は蝶《ちょう》にはなれない。蛹《さなぎ》になって羽化することもない。どこにも飛んでいけない。私は違う。ルカナとは違うの。ルカナのことは好きだけど、うらやましくてしょうがなかった。ルカナと自分を比べると、恥ずかしくて、みじめだった。だから言えなかったの」

ルカナは耳をふさぎたかった。聞きたくない。でも、聞いてしまった。外国語じゃない。イトハは日本語で話している。言っていることはわかる。けれども、わからない。

「……そんな――そんなふうに思ってたなんて。どうして……なんでそこまで自分のことを卑下するの？　他の人たちと比べる必要なんてないでしょ。イトハは天才だよ？　あたしは認めてる。誰よりも認めてるよ？　あたしが包み隠さず何でも話す相手は、イトハだけなんだよ？」

「本当は、ルカナも私のことが恥ずかしいんでしょう」

「何、言ってるの……？」

「だって、学校だと私には見向きもしない。私といるところ、誰にも見られたくないんでしょう。私の家にしょっちゅう来てるって、みんなに堂々と言える？」

「い、言えるよ？　言える。べつに言う必要なかったから、言わなかっただけで――」

「学校でずっとルカナに無視されて、私が平気だったと思ってる？」

「それは、だって、そういう……」

「ルカナはちっともわかってない。私は我慢してた。学校でも仲よくしてって言ったら、ルカナが困ると思って。私はみんなに変な子扱いされて、気持ち悪がられてる、のけ者だから。ルカナとは違うから――」

「じゃあ、どうすればいいの！」

ルカナはイトハの胸を手で突いて押した。イトハは「あっ……」とよろめいて尻餅をついた。そんなに強く押したつもりはなかった。そもそも手を出すつもりなんてなかった。イトハが手を出させた。イトハのせいだ。

ずるい。学校でのことを持ちだすなんて。イトハは卑怯《ひきょう》だ。今さら言いだすなんて。わかっていたことのはずだ。お互い納得ずくだった。ルカナはそう思っていた。

たしかにイトハは変な子だと見なされている。学校ではのけ者だ。いまだに悪口を言う子供もいる。でも、それがどうしたというのか。

知識がない、判断力もない、偏見にとらわれた、馬鹿な子供たちにどう思われようと、気にすることはない。イトハは抜きんでた才能の持ち主だ。そのことをルカナは知っている。ルカナだけは認めている。それでいいはずだ。何が不満なのか。

「ごめんなさい」

イトハがやけにくぐもった声を出した。まだ草っ原の上に座りこんで、うなだれている。虫網はイトハの手を離れ、そのあたりに転がっていた。

「たぶん、ルカナの言うとおり。私、木枯沢《こがれざわ》くんのことが少し好きだったのかもしれない。ルカナに嫉妬したんだと思う。それで、言わなくてもいいことを言っちゃった。ずっと思ってたけど言えなかったことを、言っちゃった。許して欲しい」

イトハが言葉を並べる。どの言葉もからっぽだ。何も伝わってこない。まるでイトハじゃないみたいだ。外見はイトハなのに。中身だけ別のものに入れ替わってしまったのではないか。ルカナは本気でそう疑った。イトハだけれど、イトハじゃない。少なくとも、ルカナが知っているイトハとは違う。別人だ。

返してよ。

あたしのイトハを返して。

ルカナは訴えたかった。

でも、誰に、何に対して訴えればいいのか。

「――許してもらえないんだ」

イトハがぽつりと呟《つぶや》いて立ち上がった。それから、腰を屈《かが》めて虫網を拾った。妙に機械的な動作だった。イトハは歩きだした。その足どりはしっかりとしていた。平然と歩いているようにルカナには見えた。

異様だ。おかしい。イトハがルカナを置いてゆこうとしている。こんなことがあるだろうか。ルカナはイトハに尋ねたかった。どういうこと？　なんで？　ルカナのほうから訊《き》かなくても、そのうちイトハは立ち止まるだろう。きっと振り返って何か言うはずだ。イトハはルカナを置いていったりしないはずだ。

どうしてイトハは振り返らないのか。一度も止まらずにすたすたと歩いてゆくのか。

イトハの後ろ姿はみるみるうちに小さくなる。今ならまだ間に合う。全速力で走れば追いつける。

でも、脚が動かない。どうしても動いてくれない。それどころか、立っていられない。ルカナはしゃがみこんだ。草むらに腰を下ろした時にはもう、イトハは見えなくなっていた。一度、見えなくなっただけだ。イトハは戻ってくる。

戻ってきてくれるはずだ。

夏休みが終わるまでは普通に過ごした。ちゃんと宿題を片づけて、習い事も休まなかった。家族で沖縄《おきなわ》旅行をした。木枯沢万里彦《こがれざわまりひこ》はスマホを持っていなかったし、SNSをやっていない。ただ、パソコンを使っていて、何日かおきにEメールを送ってきた。ルカナは返信したり、しなかったりだった。

夏休みが明けて登校しようとしたら、腹痛に襲われた。母に連れられてかかりつけの病院に行き、薬をもらった。腹痛はやわらいだ。けれども翌日の朝、どうしても起きられなかった。

何日か学校を休むと、同級生たちや習い事の友だちがこぞってSNSで連絡してきた。返信しているうちに具合が悪くなって、途中でやめた。木枯沢もメールをよこした。返事を書く気にはなれなかった。

一週間後、ようやく登校できた。転校生がやってきたように騒ぐ同級生たちをしりめに、イトハは自分の席で図鑑を眺めていた。

次の日、ルカナはまた学校に行けなかった。何か食べるのも、水を飲むのさえ億劫《おっくう》で、寝てばかりいた。その次の日も欠席した。

眠っていたら、母に起こされた。

「お見舞い。柊《ひいらぎ》さんだって」と言われて、「無理」とだけ答えた。

母が部屋から出ていってすぐ、ベッドから跳び起きた。

急いで玄関に行くと、イトハはもういなかった。

「なんで追い返したの！」

母を怒鳴りつけたところで目が覚めた。夢だった。

なかなか登校できずにいたら、担任の先生が家にやってきた。その夜、両親が喧嘩《けんか》をした。かかりつけ医の紹介で別の病院に行った。検査をいくつも受けて、自律神経失調症と診断された。スマホで自律神経失調症について調べた。違う気がした。きっとこんな病気じゃない。

「きみもそう思うでしょ」

カーテンを閉めきって暗くした部屋の、ベッドの上にしか自分の居場所がないように思えた。母や父とも話したくなかった。できれば顔を合わせたくもない。ルカナの話し相手は一人だけだった。

厳密に言えば、一人じゃない。

腕のような四本の脚を持っていて、目が四つあるそれは、一言も発しない。ただルカナのそばにいる。じっとルカナの話に耳を傾けている。

冬休みが明けたあと、三回学校に行って、三回とも早退した。同級生たちは腫れ物にさわるようにルカナを扱った。木枯沢《こがれざわ》とはとっくに連絡が途絶えていた。教室で見かけても挨拶さえしなかった。イトハは図鑑ばかり見ていた。

六年生になるとクラス替えがあった。木枯沢万里彦《まりひこ》も、柊《ひいらぎ》伊都葉《いとは》も、また同じクラスだった。とてもじゃないけれど、学校になんて行けない。ある夜、父がルカナに言った。

「無理しなくていいから」

母はめっきり老《ふ》けこんだ。

充電ケーブルに繋《つな》げっぱなしで使っているスマホの調子が悪くなってきた。将来プログラマーになりたいから、パソコンが欲しい。そんな適当なことを父に言ったら、翌日には新品のノートパソコンを買ってきてくれた。母が父を責めて二人は派手に喧嘩《けんか》した。

父が買ってきたノートパソコンでは、プレイしてみたかったゲームが低画質モードでしか動作しないとわかって絶望した。もっと高性能なパソコンが欲しいとはさすがに言いだしづらかった。仕方ないから動画を見まくった。画面がスマホより大きいし、これはこれで悪くない。

寝転がってノートパソコンで動画を視聴していたら、四本脚がタッチパッドを操作した。あまりおもしろくない動画だったので、別の動画に変えようかと思っていた。ルカナの代わりに四本脚がやってくれた。

「すごい。きみ、天才じゃん」

タッチパッドだけじゃない。四本脚はキーボードも打つことができた。何か検索しようとすると、四本脚が検索窓に入力してくれる。腕のような脚で。足というよりも器用な手だ。やはり脚ではなくて腕なのだろうか。でも、四本の腕で進む。垂直の壁を伝い登ることもできる。天井にだって難なくしがみつける。

「きみはいったい……何なの？」

いつも身近にいる。ただそこにいるだけの存在。不自然じゃない。自然だ。ルカナにとっては。それに、四本脚だけじゃない。

このことは柊伊都葉にも言わなかった。べつに秘密にしていたわけじゃない。伊都葉に嘘《うそ》をついていたわけじゃない。言わなかっただけだ。

ルカナだけじゃない。ごく稀《まれ》に、何か奇妙なものを連れた人間がいる。ルカナの目には見えるそうしたものたちが、他の人びとには見えていない。

当然、そうしたものを見つけると、ルカナは注意深く観察した。その結果、不思議なことが判明した。

どうやら、連れている人自身も、そうしたものに気づいていないらしい。

いわゆる霊なのかもしれない、と考えたこともある。世の中には霊に取り憑《と》かれた人がいる。霊はルカナのような霊能力者しか知覚できない。四本脚も霊だけれど、ルカナを見守ってくれている。悪さをすることはない。守護霊というやつだ。
もっとも、霊にしては人間の姿と違いすぎている。ひょっとしたら、精霊とか、妖精、妖怪のたぐいかもしれない。
ルカナの代わりに四本脚が検索窓にキーワードを入力していった。
霊　精霊　妖精　妖怪
違う　霊　妖精
見える　普通の人には見えない　霊　妖精
妖精　妖怪　守護霊
「……打つの早っ。うまいね、きみ。タッチタイピングっていうの？」
ルカナは四本脚に名前をつけなかった。名前とは個を識別するための呼称だ。もし地上に人間がたった一人しかいなければ、名前なんかいらない。四本脚のようなものは紛《まぎ》れもなく存在している。でも、ルカナにとって四本脚は四本脚だけだ。
ルカナは特別な人間だし、ルカナの四本脚も特別な存在でないといけない。
「――これって」
ルカナはパソコンの画面に表示されている検索結果を繰り返し読んだ。
それは心霊現象と見なされることもある。
遠い昔から語り伝えられる、妖精、妖怪、魔物といった不思議な存在の正体だとも考えられる。

その一部は大いなる力を持ち、神として崇《あが》められた。

ある研究者がそれを、幻影《Phantom》、と呼んだ。

やがて別の名でも知られるようになった。

「人外──」

＋＋＋＋＋＋＋＋

何回か登校して保健室で担任の先生と面談したり、テストを受けたりするだけで、小学校は無事卒業できた。卒業式にはもちろん出なかった。卒業式のあと、木枯沢万里彦《こがれざわまりひこ》がメールを送ってきた。父親の仕事の都合で東京に引っ越しするらしい。そのメールを読んだとき、親が家にいなかったから、ルカナは心置きなく大声で叫んだ。

「知るか、ぼけぇ……！」

中学校の入学式にも行かなかった。制服を着て、親には見せてやった。新しいパソコンを買ってもらいたかったので、父にはいい顔をしておきたかった。母が制服姿の写真を撮りたいと言ってきた。それは断乎《だんこ》拒否した。

中学生になったのに柊伊都葉《ひいらぎいとは》と同じクラスだなんて、何の陰謀だろう。教科書のページをぺらぺらめくってみたら、低級なことしか書かれていなかった。ルカナの頭脳があれば、自習だけでどうとでもなる。ネットを漁《あさ》れば、大手進学塾のテキストでも何でも手に入るのだ。何なら、国際的な一流大学の講義だって動画で視聴できる。中学校になんか通って何の役に立つというのか。

中学校側からは、とりあえずできる範囲で保健室登校してみるのはどうかという提案があった。冗談じゃないと撥《は》ねつけるのも子供っぽいので、殊勝なふりをして受《う》け容《い》れておくことにした。

繊細で傷つきやすい中学一年生女子雫谷《しずくだに》ルカナの一日は、だいたい午前十時から十一時の間に始まる。三時か四時までは起きていることが多いので、睡眠時間は六時間から八時間といったところだ。

平日なら父は出勤しているし、母も週に三日か四日はどこかで働いている。買い物やその他の用で出かけていることも多い。親がいないと気分がいい。

まずシャワーを浴びて、それから冷蔵庫の中にある物を食べたり飲んだりする。菓子類なども確保しておく。部屋に戻ったら、パソコンの電源を入れる。あとの操作は念じるだけでいい。ルカナに代わって四本脚がやってくれる。

ヘッドフォンをつけて、最初に見る動画は決まっている。

S、とだけ名乗る人物が作詞作曲した『作品#1』。

様々な映像が入り乱れる中、電子音楽が鳴り響き、合成音声が歌う。詞が浮かび上がったり飛び交ったりする。ミュージックビデオだ。

憐《あわ》れみを思いやれない　悲しさも考えらんない
僕が進む道だ　ろくに進めやしないが　所詮、道なき道でしかないか
八人も僕がいたんじゃ　座る椅子も足りないくらいだ
楽しさも感じられない　喜びに浮き立ちもしない
能がない君だ　特別な音もしないが　今はもう空っぽでしかないか
人は僕を知らないってさ　口に十字の戸は立てらんないな
花鳥風月を過ぎ去りし君は　脊柱の真芯に真心を隠して
風荒《すさ》ぶ原野に滞りもなく　駆け抜けろ　能を奪うよ

末長く感情が続かない　つかぬこともうかがえまい
僕が戻らぬ道だ　とうに引き返せはしないが　遊び遊ばれ犯した僕か
沈まぬ船はありませんよ　かといって橋は渡るまい
能がない君だ　足がなくても立っていたが　荒れ川に溺れるしかないか
人は僕を知らないってさ　日に十度も立ってらんないよな

花鳥風月を過ぎ去りし君は　脊柱の真芯に真心を隠して
風荒《すさ》ぶ原野に滞りもなく　駆け抜ける能を奪うよ

春に浮かぶ辺に往《ゆ》きし君は　脊柱の真芯に真心を隠して
世に歌う声に耳も貸さず崖《がい》を跳ぶや能を奪うよ
見つけるな　急に能を奪え　その前に宿らせてよ　新たなる今日を
能奪い　能《あた》えば　能奪う　能奪うよ

S作詞作曲の楽曲は他にもある。どれもタイトルは『作品#数字』だ。それらのミュージックビデオは一般的な動画共有サイトで公開されていて、誰でも視聴できる。ルカナも初めは動画共有サイトで見つけた。一風変わった仄暗《ほのぐら》いテイストの曲で、詞はどうにも意味不明だけれど、妙に惹《ひ》きつけられた。調べてみたら納得がいった。

もう七、八年前のことだ。東京都八王子《はちおうじ》市で、上山芳樹《うえやまよしき》という人物が変死した。死因は心停止とされている。ところが、実はその死体にはあるべきものがなかった。

脳だ。

外傷はないのに、脳だけがそっくり消えていた。

その後も埼玉《さいたま》県や千葉《ちば》県で同様の死体が発見された。

世に言う、東京・埼玉・千葉連続不審死事件。

当時の報道では、死体の脳についてはふれられていない。脳なし死体の件は一部の週刊誌だけが報じて、ネットを大いに騒がせたという。

Sが『作品＃1』を公開したのは、埼玉県春日部《かすかべ》市で七人目の脳なし死体が発見された直後だったのだ。

ネットでこの楽曲と事件との関連性が指摘されはじめると、東京都世田谷《せたがや》区で八人目の犠牲者が出た。

この楽曲は、犯行予告なのではないか？

歌詞の「憐《あわ》れみを思いやれない　悲しさも考えらんない」は無慈悲な犯行を示す。

そして、「僕が進む道だ　ろくに進めやしないが　所詮、道なき道でしかないか」は、これが前例のない犯罪だと高らかに謳《うた》っている。

最初の事件現場は「八人も僕がいたんじゃ　座る椅子も足りないくらいだ」のくだりから八王子市と読み解ける。「口に十字の戸は立てらんないな」は第二の事件現場である埼玉県戸田《とだ》市。「末長く感情が続かない　つかぬこともうかがえまい」は第三の事件現場、千葉県長束《ながつか》町を表している。

犠牲者の状態は「楽しさも感じられない　喜びに浮き立ちもしない」、なぜなら「能がない君だ」からで、「今はもう空っぽでしかない」。もちろん、能＝脳だ。

Sは一連の事件を起こした犯人で、「世に歌（うた）う声に耳も貸さず　崖（がい）を跳ぶや能を奪うよ」と、八人目を東京都世田谷区《せたがや》で殺すと宣言したのではないか。

さらに、「見つけるな　急に能を奪え　その前に宿らせてよ　新たなる今日を」という歌詞からすると、九番目の事件現場は新宿《しんじゅく》に違いない。

実際、一人の男が殺人未遂の現行犯で警察に逮捕された。

場所は東京都新宿区。

男の名は、花椎原遊章《かしいばらゆうしょう》。

Sの『作品＃1』中の歌詞、「花鳥風月を～」に花とある。

「脊柱の真芯に真心を～」の脊柱とは背骨のことだ。椎《つい》、とも書く。脊椎の椎だ。

「風荒《すさ》ぶ原野に～」に原があり、「遊び遊ばれ犯した僕か」には遊が、「日に十度も立ってらんないよな」の日と十と立を組み合わせれば、章という字になる。

なんと犯人は、歌詞に自分の名まで盛りこんでいたのだ。

しかし、この解釈は間違っていた。

花椎原が逮捕された約一ヶ《か》月後、動画共有サイトで『作品＃2』のミュージックビデオが公開された。作詞作曲は『作品＃1』と同じくS。作風からして、S本人が手がけたものか、あるいは第三者がそれに似せて製作したものか。

この『作品＃2』の歌詞には、七人が変死する怪事件が織りこまれていた。

そして、公開の三日後、それは宮城県《みやぎけん》仙台市《せんだいし》で本当に起こった。

宮城連続不審死事件。

医療刑務所送りになった犯人の名から、須高《すだか》ゆあ事件、とも呼ばれている。

Sは犯人ではなかった。『作品＃1』も、『作品＃2』も、犯行予告なんかじゃない。重大事件の予言なのではないか？　Sは予言者なのではないか？

Sとは何者なのか？

ルカナは『作品＃1』を鼻歌でなぞりながら聞き終えると、Ｘ－ｆｅｓ．という電子掲示板にアクセスした。Ｘ－ｆｅｓ．は闇サイトだ。通信を暗号化する仕組みを使わないと接続できない。

更新された情報にざっと目を通す。取捨選別は四本脚が四つの目を駆使してやってくれるから、苦労はしない。四本脚がどんどん画面をスクロールさせて、これという記載があるとそこで止める。ルカナはそれを読むだけでいい。

「……今日もS様は書きこんでないか」

Sのミュージックビデオに興味を抱いて、深掘りしたことがすべての始まりだった。

あの動画の初出は、一般的な動画共有サイトじゃない。どこか別の場所で公開されたファイルを、Sじゃない別の人物が転載したのだ。

その人物を探ると、複数のSNSのアカウントが見つかった。どのアカウントもあまり使われていなかったが、手がかりにはなった。

ルカナと四本脚は、その人物と繋《つな》がっているさらに別の人物がX－fes．という闇サイトを利用していることを突き止めた。

Sが真実へと導いてくれた。

ルカナはそう受け止めている。

最初にSの『作品#1』が公開されたのは、X－fes．にS本人が立てたスレッドだった。当時のログは今でも閲覧できる。アップロードされた日時は、一般向け動画共有サイトで公開された日時より十三日も早い。その後、別のユーザーがSに許可を求めて承認され、転載した。Sはそれ以降もX－fes．で作品を発表しつづけている。

Sの書き込みは大半が日本語だ。歌詞も日本語で、予言の内容も日本の出来事だから、十中八九、日本人だろう。

Sはこの国のどこかにいる。恐ろしい事件の発生を予知し、楽曲を制作するという形で人びとに知らしめている。

そして、脳が失われるような殺人事件は、どう考えても普通じゃない。

人外が関わっている。

「……もういい。X《カイ》－l《ラ》u《ム》mに入ろ」

ルカナが言うと、四本脚がノートパソコンを操作してX－fes．からログアウトした。

別のアプリケーションを起動する。

X−lumはX−fes．とは違う。招待された上、決まった手続きを踏まないとアクセスできない。闇サイトよりも強固なセキュリティーで守られている。完全会員制の秘密サイトだ。

ルカナは招待を受けていない。

四本脚がものすごい勢いでコマンドを入力しまくっている。

ノートパソコンの画面に白いウィンドウが現れた。

X-lum

──という文字列だけが表示されている。

それとは別の黒いウィンドウに四本脚がコマンドを入力すると、白いウィンドウが変化した。会議室《フォーラム》に入った。

参加者たちが不正侵入者について語っている。英語がベースだが、ネットの俗語や省略語、隠語が多い。読みとれない文章があっても平気だ。四本脚が翻訳アプリケーションを使って日本語にしてくれる。

ある参加者が言うには、不正侵入者によってX−lumのサーバから機密情報が盗まれた。痕跡を辿《たど》って不正侵入者の身元を特定することに成功したものの、東欧に居住する八十一歳の男性で、ダミーだと思われる。ルカナはほくそ笑んだ。

「当たり」

意見を交わす中で、参加者たちはその不正侵入者を cipher と呼びはじめた。

cipher
つまらないやつ、という意味もあるが、数字のゼロのことだ。

もしくは、暗号。暗号文。暗号を解く鍵。

正体不明の不正侵入者。

暗号。

「サイファー」

ルカナは呟《つぶや》いた。

「いいね。サイファー。サイファ。なんかいい。きみもそう思わない？」

四本脚が黒いウィンドウに文章を入力した。

I am Cipher.

「そっか。気に入ったんだ」

四本脚改めサイファのつるつるした頭を撫《な》でながら会議室《フォーラム》のログを読んでゆくと、SULLIVAN《サリヴァン》という参加者がcipherの調査に名乗りを上げていた。

「えっ……」

思わずルカナはサイファをきつく抱きしめた。見間違いじゃない。何度確認しても、その参加者のハンドルネームはSULLIVANだった。

「S様」

なんでも、アイルランド語由来で「小さくて黒い目」を意味するという。

SULLIVAN
頭文字は、S。

「S様があたしを……」

母が仕事を減らして家にいることが多くなった。父から聞いたところによると、体調が思わしくないのだとか。母はルカナに何も言ってこない。でも、遠回しに責められているような気がする。壁を隔てていても、母が近くにいると思うだけでだめだ。息が詰まる。夜はもともと眠らず起きていたが、朝から昼の間もあまり熟睡できない。母のせいだ。母は母で、具合が悪いのはルカナのせいだと思っているに違いない。

これからはなるべく保健室登校したい。父にそう話したら、大喜びされた。父はルカナに新しいスマホを買い与え、学校側と交渉してノートパソコンの持ち込みを認めさせた。公立中学校のちんけな職員用Ｗｉ－Ｆｉネットワークなら、たやすく侵入できる。余裕で使い放題だ。

桐沼《きりぬま》という女性の養護教諭は最初、ずいぶん警戒していたが、小一時間、世間話をしただけで態度が軟化した。いったんガードが下がると、友だちのような口のきき方をする。ルカナの倍以上生きているくせに、幼稚で締まりがない。

保健室を空ける際、桐沼は必ずスマホを机に置きっぱなしにした。サイファにスマホの中身を調べさせて、桐沼のプライベートはおおよそ把握できた。表沙汰にされると困りそうなメッセージや画像を押さえておいたので、必要なら脅迫することもできる。いざとなれば言うことを聞かせられるだろう。

ルカナは保健室をできるだけ快適な居場所にしたかった。

中学校という空間は好きになれない。凡庸な中学生たちとは所詮、相容《あいい》れない。

家には母が居座っている。母が心底嫌いなわけではないけれど、結局、ルカナとは違いすぎる。こんなにも自分とかけ離れた人間が、紛《まぎ》れもなく実の母親なのだ。その現実がルカナにとってはつらい。

一人暮らしをしたくても、家を出るにはまだ早い。サイファがいるし、お金はその気になればなんとかなるだろう。でも、ルカナは未成年どころか中一だ。自分一人ではアパートさえ借りられない。ホームレスになるつもりはないし、ネットカフェよりは家で寝泊まりするほうがまだましだ。

今は雌伏のときなのだと、ルカナは自分自身に言い聞かせた。

学校からの帰り道に、たまたま二人連れの女子生徒を見かけた。そのうち一人には見覚えがあった。髪が長くて肩幅が狭くて細っこい。足の裏全体を地べたに押しつけるような歩き方に特徴がある。まさか、と思った。

「……伊都葉《いとは》？」

にわかには信じがたかった。

あの伊都葉《いとは》が他の女子と連れだって歩いている。お団子髪の女子だった。同級生なのだろう。しかも、ただ並んで歩いているのではなくて、二人は何か話している。距離が近い。親しげだ。少なくとも、お団子女子のほうは笑ったりもしている。

ルカナはつい電柱の陰に隠れてしまった。二人は十メートル近く前方にいるし、気づかれる恐れはたぶんない。でも、万が一ということがある。万が一、伊都葉が振り向いて、ルカナを見つけたら。

最悪だ。冗談じゃない。屈辱だ。

ルカナは電柱から顔を出した。もう行っただろうか。まだいる。二人は立ち止まっていた。話しこんでいる。声はあまり聞こえない。

伊都葉がうつむいた。

笑っているらしい。

何、笑ってるの?

飛んでいって、あの長い髪の毛を引っぱってやりたかった。伊都葉は痛がるだろう。悲鳴を上げるに違いない。かまわず引きずり回したら、きっと胸がすっとする。

もちろん、そんなことはしない。するわけがない。

サイファが電柱によじ登って、ルカナの頭上にいる。四つの目でルカナを見つめている。

サイファは表情らしい表情を浮かべない。口みたいなものはあるのに、閉じたままだ。

開けたことがない。サイファはしゃべらない。それでもルカナにはわかる。サイファはルカナのことを気にかけている。

ルカナは電柱に背中を押しつけた。スマホを出して『作品#1』の動画を表示する。音を出さなくても、動画を見ていれば頭の中に楽曲が鳴り響く。

だんだん落ちついてきた。柊《ひいらぎ》伊《い》都《と》葉《は》がどうしたというのか。中学生になって友だちができたらしい。それが何だというのだろう。

普通になったということだ。

あの伊都葉が、普通に。

凡庸に。

平凡な人間には興味がない。もう本当に、どうでもいい。

+++ + ++++

柊伊都葉なんてどうでもいい。

たまに授業中じゃない、がやがやした時間に保健室を出て、一年生の教室が並ぶ廊下を通ってみたりする。気が向いただけだ。

ルカナは一応、一年一組に在籍しているけれど、教室には一度も入ったことがない。だから、小学校時代の同級生くらいしかルカナのことを知らない。顔を覚えていてもずいぶん会っていないし、お互い制服姿だとよくわからなかったりする。ルカナにとっては、誰も彼も知らない人たちだ。

伊都葉の様子をうかがってみよう。

そんなことはちっとも考えていない。

伊都葉を見かけることはある。すれ違ったりもする。

あくまで、たまたまだ。

ルカナに伊都葉が気づくこともある。伊都葉はぎくっとしたように身震いしたり、下を向いたり、急に方向転換したりする。どうでもいいので知らんぷりをしているルカナとは対照的だ。

ちょっとおもしろい。

ほんのちょっと、だけれど。

どうでもいい平凡な人間でしかない伊都葉が元気にやっているようでも、ルカナはまったく傷つかない。

伊都葉はあのお団子女子だけじゃなく、他の女子生徒とも、数人の男子生徒とさえ、口をきく仲のようだ。つくづく普通になった。

そもそも、ルリタテハのような黒と青の服しか着なかった伊都葉が、他の人びとと同じように制服を身にまとっている。ルカナが知っているあの頃の伊都葉《いとは》なら、制服なんか着たがらない。どこからどう見ても、現在の伊都葉は普通の女子だ。並の女子になっても辛気くさい、幸薄そうな顔つきは変わらない。あれだとせいぜい、中の下だ。

養護教諭の桐沼《きりぬま》が不在の保健室で、ベッドに座って膝の上に置いたノートパソコンを操作するサイファを眺めていたら、誰かがドアをノックした。

ルカナが無視していると、また、コンコン、とノックの音がした。それでも放っておいたら、約五秒後に、コンコン。さらに五秒くらいして、コンコン。

「……しつこいって。勝手に入ってくればいいのに」

「あのう」

ドア越しに女子生徒の声が聞こえた。

「よろしいでしょうか？」

ルカナはため息をついて、「どうぞ！」とやけくそ気味に叫んだ。ドアが開いた。女子生徒が二人、保健室に入ってくる。一人は付き添いだろう。付き添いの女子生徒が半ば抱えるようにして支えているもう一人は、あからさまに顔色がすぐれない。付き添いの女子生徒はお団子髪だ。

「あっ……」

ルカナは声を出しそうになっただけで、実際に言ったのはお団子女子のほうだった。

お団子女子はルカナを凝視している。ルカナもお団子女子をじろじろ見ているし、お互い様ではあった。でも、目は合わない。お団子女子はルカナの手許《てもと》に視線を向けているようだ。ノートパソコンだろうか。ルカナはお団子女子が斜めがけしている赤いポシェットが気になっていた。小さなポーチ程度ならともかく、学校の中でポシェットを持ち歩いているのはめずらしい。

具合が悪そうな女子が保健室の中を見回した。

「……保健の先生は？」

「いないよ」

ルカナはノートパソコンを折り畳んだ。サイファはゆっくりとルカナの陰に隠れた。

「そのうち帰ってくるんじゃない。具合悪いんだったら、熱を測って。体温計、そのへんにあるから」

「体温計……」

お団子女子がきょろきょろしながら、具合が悪そうな女子を長椅子に座らせた。

「ええと……」

「机の上」

ルカナは養護教諭が使っている机を指し示した。お団子女子は机上のペンスタンドから体温計を取りだして、具合が悪そうな女子に手渡した。

「山藤《やまふじ》さん、これを使ってください」

具合が悪い女子は、山藤というらしい。

お団子女子がちらっとルカナを見た。何度かチラ見してから、にこっと笑ってみせた。

「あなたは、一年一組の方……ですよね？」

「なんで知ってるの」

「保健室登校されている方がお一人いらっしゃることは、存じあげておりまして」

「……あぁ。そう」

「雫谷《しずくだに》ルカナさん？」

「まあね。きみも一年一組ってことか」

「山藤さんもですが。奇遇です」

「奇遇ではなくない？　あたしは保健室登校してるんだから、保健室に来たらそりゃ出くわすでしょ」

「たしかに」

お団子女子は真顔で二度まばたきをした。

「雫谷さんがおっしゃるとおり、この出会いは必然です」

「……変なやつ」

うっかり本音を言ってしまった。お団子女子が「ふ？」と謎めいた音声を発して小首を傾《かし》げる。

「きみ、名前は？」

ルカナが訊《き》くと、お団子女子は「白玉《しらたま》です！」と妙に元気よく名乗った。

「白玉龍子《りゅうこ》と申します。ふつつか者ですが、よろしくお願いいたします！」

お辞儀まで付いてきたので、ルカナはかなり引いた。

「……お見合いじゃないんだけど」

「おっ、お見合いじゃありません！」

「わかってるってば。名前もパンチ強いし。白玉龍子って。髪型がそれだと、もはや白玉団子じゃん」

「あの、つるっとしている……？　みたらしだんご、おいしいです。白玉団子？　わたしが、ですか？」

白玉龍子は目を丸くして両手をぱちんと打ちあわせた。

「何やら光栄です」

図ったようなタイミングで体温計がピピッと鳴った。山藤は腋《わき》の下に挟んでいた体温計を抜いた。

「三十八度二分……」

「わわっ、たた大変！」

白玉《しらたま》が保健室の中をうろつきはじめた。まるで動物園の檻《おり》に閉じこめられている動物のようだ。ルカナは笑ってしまいそうになり、すんでのところでこらえた。笑ったら負けだ。おかしな白玉団子の言動なんかで笑ってたまるものか。

+++ + ++++

違う。

あたしは違うんだ。

並の凡人どもとは違う。

気づいたらルカナはそう唱えている。声には出さない。頭の中で言う。

自分は凡人とは違う。

特別な存在だ。

それは紛《まぎ》れもない事実だ。呪文でもある。他人に言って聞かせる必要はない。どうせ凡人たちにルカナの特殊性や価値はわからない。胸中で唱えるたびに、力が湧いてくる。その呪文がルカナを強くしてくれる。ルカナはもっと強くなれる。

X－lumにアクセスできなくなった。

ルカナとサイファが編みだしたハッキングの手法を見破られて、セキュリティーシステムの穴をふさがれてしまったのだ。他の方法をいくつか試してみたが、うまくいかない。下手なことをして痕跡を残したくないから、何か名案を思いつくまでX－lumには近づかないほうがいい。

X－fes．は継続的にチェックしている。でも、Sのスレッドに目立つ書き込みはない。ある日、S本人を騙《かた》る者が現れたが、ルカナはすぐに偽者《にせもの》だとわかった。

学校で白玉団子が声をかけてくるようになった。たまに保健室にまでやってくる。適当に相手をしていればそのうちいなくなるので、そこまで煩わしくはない。うっかり白玉団子に伊都葉《いとは》のことを尋ねてしまいそうになったけれど、思いとどまった。

伊都葉は相変わらずだ。ルカナが視界に入ると、慌てて目を逸《そ》らす。指名手配犯のように急いでどこかへ行ってしまうこともある。

悪いとは思ってるんだ？

何も逃げることはないのに。

気に食わない。

せめて謝ったら？

手をついて謝ったところで、許してなんかあげないけれど。

違う。

あたしは違う。

凡人どもとは違う、特別な存在。

伊都葉《いとは》は凡人に過ぎなかったということだ。

他と違う特別な者は、孤独だ。特別でありつづけるには、きっと代償を払う必要がある。

この孤独に耐えないといけない。

ただし、ルカナはひとりじゃなかった。

サイファがいる。

保健室のカーテンで仕切られたベッドに座って、膝の上のノートパソコンでなんとなくX－fes．を閲覧していたら、ふと思った。

「お金、欲しいな」

「──え？」

カーテン越しに養護教諭の桐沼《きりぬま》が「ルカナちゃん、何か言った？」と声をかけてきた。ルカナが「ううん、なんでもなーい」と軽く返事をすると、桐沼は「そう」とだけ応じてそれ以上は追及してこなかった。

いくらルカナが特別でも、世間的には子供だ。お金。前々から考えてはいた。自由に使える資金があるに越したことはない。ルカナの貯金は母に管理されている。通帳。印鑑が必要？　それか、キャッシュカード。暗証番号は？

自力で稼げばいい。サイファがノートパソコンを操作しはじめ、すぐにあるプログラムのソースコードを見つけてきた。

「使える……」

このソースコードを利用すれば、作れそうだ。ランサムウェア。ランサムは英語で身代金を意味する。コンピューターウイルスの一種だ。システムに入りこんでコンピューター内のファイルを暗号化し、開けなくする。重要なファイルを人質にとって、身代金を支払わせるのだ。

当然、不正アクセス禁止法違反や、詐欺とか恐喝の罪に問われる。れっきとした犯罪だ。リスクはある。犯罪者になってしまうかもしれない。だから、何？

ルカナはちっとも怯《おび》えていなかった。むしろ昂揚《こうよう》していた。たしかＸ－ｆｅｓ．で、セキュリティーの甘い会社や個人のリストを誰かが販売していた。あれをどうにかして奪えないか。いや、急《せ》いては事をし損じる。ハッカーたちの手口を研究しよう。他にも集められる情報は全部集める。サイファがいればお茶の子さいさいだ。

ルカナはつかまったりしない。つかまらないように、万全を期す。そのための工夫をサイファと一緒にする。

「せんせ」

ルカナが見せかけの親しみをこめて呼びかけると、桐沼は「うん？　なあに？」とゆるく答えた。

「あたし今日はもう帰ろっかな」

「そう？　わかった。無理しないで」

「はーい」

ルカナは荷物をまとめ、サイファを連れて保健室をあとにした。午後の授業が始まって二十分後くらいだったので、校内は静かだった。学校を出る前に靴箱で伊都葉《いとは》の外履きを裏返しにしておいた。ちょっとした悪戯《いたずら》だ。さしたる意味はない。

帰宅すると、母はいなかった。自室のベッドの上でサイファにノートパソコンを操作させていたら、インターホンの呼び出し音が鳴った。

雫谷《しずくだに》家はマンション住まいだ。九階建ての六階で、間取りは2LDK。ルカナが生まれてすぐ、父がローンを組んで買った。

五回まで、ルカナは呼び出し音を無視した。六回目でしょうがなく自室を出て、リビングでインターホンの親機のディスプレイを見てみたら、奇妙なマスクをつけて帽子を被《かぶ》った男が映っていた。

いかにも怪しげな風体だ。セールスか何かだろうか。とにかく、この男がエントランスのインターホンでルカナの家の部屋番号を入力し、六回も呼び出し音を鳴らした。

今、七回目が鳴った。

サイファがルカナの体を伝い登って、インターホンのディスプレイに四つの目を向けた。

ルカナは思いきってインターホンの通話ボタンを押した。

「……はい？」

男は何も言わない。あのマスク。模様なのか。何か絵みたいなものが描かれている。口だろうか。口を覆うマスクに、口が描かれている。

男は黙りこくっている。

そのうちカメラの映像が切れてしまった。

「何あれ。怖っ……」

ルカナは少し身震いして部屋に戻った。

次の日は下校時間の前に一度、保健室を出て、靴箱で伊都葉の外履きを裏返した。そのあと夕方まで保健室にいて、生徒が少なくなってから下校した。

ルカナはまっすぐ家に帰らず、伊都葉がよく昆虫採集をしていた公園に立ち寄った。風があって、ちょっと寒い。落ち葉を踏んで歩いていると、薄暗くなってきた。

遠くに誰かいる。

大きなケヤキの木のそばだ。

昔、伊都葉が幼虫だか何だかを探して、その木の根元にしゃがんでいた。

あの男だ。

帽子を被ったマスクの男。

見ている。ルカナのほうを。というより、明らかにルカナを見ている。

ルカナは足早に公園を離れた。しきりと振り返って、マスクの男が追いかけてこないか確認した。いない。大丈夫。気のせい？　見間違い？　違う。いた。確実に。あのマスクの男だった。昨日、ルカナの家を訪ねてきた。マスクの男はルカナを知っている。住所も。マンションの部屋番号さえも。何者なのか。

九階建てのマンションが見えてきた。想定外ではなかった。予想が当たらなければいい。当たって欲しくないとは思っていた。でも、家を知られているわけだから、十分起こりうる事態だ。

マンションの前にマスクの男が立っていた。先回りされた。ルカナを待ち構えている。

ルカナは踵《きびす》を返した。この時間だと父はまだ職場だ。母はどうだろう。できれば母とは話したくないが、しょうがない。ルカナは早歩きでマンションから遠ざかりながら、スマホで母に電話をかけた。母は間もなく出た。

『ルカナ？　今日、帰り遅くない？　どうしたの？』

「……マンションの前に、変な人がいて。怖くて、入れなくて」

母は『えっ⁉』と驚いて、『待って。今、見てくるから』と通話したまま移動しはじめた。聞こえてくる音からすると、母はサンダルか何か突っかけて部屋を出た。エレベーターに乗ったようだ。やがてエントランスに着いた。

『誰もいないみたいだけど――』

　母はエントランスの自動ドアを通り抜け、道路まで出てみたようだ。

『ルカナ？　人、いないから、平気じゃない？』

「……そう。わかった」

　ルカナは足を止めた。だいぶ呼吸が乱れている。

「ごめん。すぐ帰る」

『迎えに行こうか？』

　思わず、余計なことをしないで、と怒鳴りそうになった。ルカナは我慢した。

「……いい。いらない」

　それだけ言って電話を切った。あたりはずいぶん暗くなっていた。ルカナはびくびくしながら来た道を引き返した。

　母は心配して、警察に通報するとまで言いだした。拍子抜けした。過剰反応だ。大袈裟《おおげさ》すぎる。ルカナが閉口して止めようとしたら、母が怒りはじめた。それで揉《も》めに揉めたせいで、部屋に籠もってもまるで集中できなかった。

　母は仕事から帰ってきた父にも不審人物の話をして、おかげで家族会議みたいな話し合いが行われ、本当に面倒くさかった。母に頼ったのが間違いだった。

　ようやく落ちついてサイファとパソコンをいじれるようになったのは、午前零時を回って父と母が就寝してからだった。毎日、午前一時半頃、母がトイレに起きる。そのあとは両親とも朝まで寝室から出てくることはまずない。

午前二時を過ぎてから、ルカナはサイファを部屋に残してシャワーを浴びた。ついでにキッチンでカップ麺を作って食べてから部屋に戻ると、真っ暗な室内で何かが動いたような気がした。

サイファだろう。でも、サイファだとしたら、なぜ寄ってこないのか。

ルカナはドアを閉めるのとほぼ同時に、部屋の電気を点《つ》けた。目に飛びこんできた光景がすぐにはのみこめなかった。

ベッドの下から腕が生えている。

その腕が、というか、大きな手が、サイファの首根っこを掴《つか》んでいた。サイファは四本脚をじたばたさせてもがいているけれど、その手を振りほどくことができない。ルカナはまるで自分が首を絞められているかのように苦しくなった。

あの腕。

腕だけのはずがない。

ベッドの下に、何かいる。

ずっといたのだ。ベッドの下に隠れていた。

それがルカナのベッドの下から出てきた。ゆったりとして見えるのに、えらく素早い動作だった。

マスクの男だ。

驚愕《きょうがく》がルカナに悲鳴を上げることすら忘れさせた。声を出そうとしたときにはもう、大きな手がルカナの口を覆っていた。

マスクの男は左手でサイファをつかまえ、右手でルカナの口を、顔の下半分を、鷲《わし》掴みにしている。

肉薄どころか密着されて、やっとわかった。この男は普通じゃない。ひょっとしたら、人間でさえない。きっと何か、もっと別のものだ。

殺される。この怪物はおそらくものすごい力持ちだ。その気になれば、その怪力でルカナの頭部を握り潰してしまえる。

死ぬ。

あたし、死ぬんだ、とルカナは思った。

途端に視界が歪《ゆが》みだした。涙だ。ルカナは泣いていた。怖い。死にたくない。

怪物がゆっくりと首を左右に動かした。

おまえは死なない。

そう伝えようとしているかのようだった。ルカナの希望的観測だろうか。それでも賭けるしかない。この怪物はルカナを殺そうとしていない、と思うしか。そうだ。殺すつもりなら、わざわざ長時間ベッドの下に隠れてなんかいないはずだ。

泣くな。震えるな。

ルカナがうなずいてみせると、口を覆っている手の力がゆるんだ。怪物の手が離れてゆく。ただ、サイファはまだつかまっている。ルカナがおかしな真似《まね》をしたら、きっと怪物はサイファに危害を加えるだろう。この怪物は用心深い。見た目は恐ろしげで乱暴そうだが、決して愚鈍じゃない。

怪物が視線でベッドを示した。ルカナはベッドに腰を下ろした。もう怖くはなかった。怖くない、と自分自身に言い聞かせた。

怪物の大きすぎる右手がジャケットのポケットから紙片を取りだした。薄紅色の名刺のような、小さな紙だった。

怪物はそれをルカナに見せた。

15：00　ホテルセントラルコスモス　S

活字じゃない。手書きだ。紫色のボールペンか何かで書かれている。達筆とは言いがたいけれど、心に残るような筆跡だ。あるいは、「S」という署名のせいでルカナはそう感じたのかもしれない。S。S？　そう書いてある。S、とだけ。

Sといったら、Sだ。

あのSに違いない。

ルカナは思わず紙片に向かって手をのばした。でも、怪物は紙片を引っこめた。くれるわけじゃないのか。紙片には時刻とSの署名。それから、ホテルの名が記されていた。

ルカナはベッドの上に置いてあったスマホを手にして検索してみた。ホテルセントラルコスモス。あった。所在地は市内だ。営業していない。ずいぶん前に廃業している。いわゆる廃ホテルだ。心霊スポット扱いされている。

「……明日、午後三時、ホテルセントラルコスモスに行けばいいの？」

ルカナが声を潜めて訊《き》くと、怪物は紙片をポケットにしまった。それから、頭を上下に動かしてみせた。

サイファがほとんど音もなく床に落っこちた。怪物がサイファを放したのだ。

怪物はルカナに背を向けた。部屋から出てゆこうとしている。

「待って」

ルカナは立ち上がった。怪物はかまわずドアを開けた。

「あなたがS様なの？」

返事はなかった。怪物が部屋をあとにした。ルカナは追いかけた。けれども、ルカナが自室のドアを開けると、玄関のドアが閉まった。内鍵は閉まっていなかった。ルカナは裸足《はだし》でマンションの内廊下に出た。誰もいなかった。そこには静寂だけがあった。

＃2-5_shizukudani_rukana/ Happy ever after

ホテルセントラルコスモスは表向き閉鎖されていて、出入口は施錠され、ガラスの割れた窓も板を張ってふさがれている。ただし、ボイラー室に通じる裏口から出入りできるのは半ば公然の秘密だ。週末の夜にはそこから入って肝試しをする者が大勢いるらしい。

平日の午後三時でも、廃ホテルの中は不気味だった。落書きや荒れ具合がはっきり見えるし、散乱する様々なゴミの正体が一目瞭然で、不快でもある。ルカナは世間知らずの少女じゃないから、だいたい推測できた。どうも肝試しだけじゃない、いかがわしい行為が目的で侵入する輩《やから》もいるようだ。

いずれにせよ、平日のまだ明るい午後にこっそり入りこむような場所じゃない。

ルカナはボイラー室から廊下を進んで、倉庫や厨房《ちゅうぼう》を見て回った。厨房には何かいた。よく見ると、丸々と太った鼠《ねずみ》だった。ロビーも無人だった。

ルカナはフロントを前にしてサイファを抱き上げ、天井の高いロビーを見回した。Ｓを待たせるわけにはいかない。ホテルには指定の時間前に到着した。でも、そろそろ午後三時になる。

Ｓはこのホテルのどこかにいるのか。まだいないのか。これから現れるのだろうか。

マスクの男はS本人じゃない。ルカナはそう考えている。Sの使いだろう。

本当に?

マスクの男はルカナを騙《だま》したのではないか。

だとしたら、何のために?

ルカナはサイファを抱えこんでしゃがんだ。どうしても悪いほうへ、悪いほうへと考えてしまう。ホテルセントラルコスモスは市の外れに位置する温泉地の端っこに建っている。車はともかく、人が通るような立地じゃない。ネットで調べたら、ここで死体が見つかったという噂《うわさ》が過去に何度か流れていた。あくまでも噂だ。事実じゃない。偽《にせ》情報だが、そういうことがあってもおかしくないような雰囲気ではある。

マスクの男はここにルカナを誘《おび》き寄《よ》せたのかもしれない。

殺すために。

我ながら馬鹿なことを考えるものだ。マスクの男、あの怪物は、マンションの中まで入ってきた。その気になれば、ルカナの部屋でも殺せた。死体をどうするか。両親もいる。起きたら厄介だ。

ここなら?

週末に肝試しをしようとやってきた男女が、死体を見つける。

死後数日経《た》った、雫谷《しずくだに》ルカナを。

ルカナは立ち上がった。

振り返ると、怪物が仁王立ちしていた。

「っ……」

ルカナは声にならない悲鳴を発した。逃げだしたいのは山々だが、足が思うように動いてくれない。

怪物はルカナの細首をたやすくへし折りそうな大きな手を自分のほうへ振ってみせた。こっちへ、と指示している。怪物が歩きだした。ついてこい、ということか。

行かないほうがいい。行きたくない。それなのに、ルカナは唯々諾々《いいだくだく》と怪物に従った。

ロビーから二階へ。そこから別の階段で、さらに三階へ。四階まで上がった。

四階がこのホテルセントラルコスモスの最上階だ。落書きだらけの廊下の右側に客室の出入口が並んでいる。怪物は一つの客室に入っていった。

恐ろしくないわけじゃない。

怖いという感情が麻痺《まひ》しかけている。

ルカナは怪物のあとを追った。

その客室は広かった。部屋がいくつかある。スイートルームとか、特別室とか、そういった種類の客室なのだろう。

黄色っぽいカーテンを閉めた大きな窓を背にして、彼が立っていた。

カーテンは外の光をあまり遮ってはいない。けれども逆光で、顔立ちまではよくわからない。男の人だ。それは間違いない。白っぽいシャツを着て、細身のズボンを穿《は》いている。髪は短くない。前髪は目の下くらいまでの長さだ。

窓際に応接セットのようなテーブルとソファーがある。怪物はそのソファーに腰を下ろした。ソファーが軋《きし》む音を立てた。

男の人は立ったままだ。

「やあ」

やわらかで底深い声がルカナの鼓膜を震わせた。初めて聞いたのに、そんな感じがしない。ルカナは思わずサイファを抱く腕に力をこめた。こんなことがあるだろうか。

X-fes.のSは、日本語や英語の謎めいた含みのある文章を問いかけるように投稿する。X-lumの会議室でのSULLIVAN《サリヴァン》は言葉少なだ。理知的な意見を端的に述べる。とても頭のいい人物だということくらいしかわからない。

ただ、Sが実在の人物だとしたら、きっとこんな声をしているはずだ。

ルカナは想像を巡らせていた。それだけじゃない。Sは夢にも出てきた。姿は見えない。どこからか語りかけてくる。

「雫谷《しずくだに》ルカナさんだね」

この声だ。

間違いない。

「Ｓ様」

ルカナはつい個人的な呼び名を口にしてしまった。

Ｓは微《かす》かに笑った。笑ってくれた。

「きみは僕のことをどこまで知っているのかな。僕の『作品』を聞いてくれた？」

「もちろん」

ルカナは熱に浮かされて「もちろんです！」と繰り返した。

「聞きました。見ました、ミュージックビデオ。全部。何回も。あれは予言ですよね。人外が関係して起きる事件を、Ｓ様が歌詞に織りこんでる」

「僕の『作品』に導かれて、きみはＸ《カイ》－ｆｅｓ《フェス》．で真実の断片を知った。そして、資格がないのに、Ｘ《カイ》－ｌｕｍ《ラム》に侵入したんだね」

口調はどこまでもやさしいけれど、資格がないのに、とＳは言った。そのとおりだ。ルカナはハッキングしてＸ－ｌｕｍに不正アクセスした。

「……ご、ごっ、ご、ごっ、ごめんなさい、あたっ、しっ……」

「しぃー」

Ｓは右手の人差し指を立てて自分の唇に当ててみせた。

「大丈夫。僕はきみを責めていない。感心してるんだ。きみが抱いている、その子――」

「サッ、サイファ、です……」

ルカナは人外につけた名を明かしてから息をのんだ。

「――み、見えるんですか。サイファが」

「見えるよ。そう。サイファというんだね。奇《く》しくも僕らはきみのことを cipher と呼び慣らしていた」

「そ、そのログを見て。会議室の。それまで、この子に名前をつけてなかったから」

「名づける必要がないほど一心同体だったんだね」

「そうなんです！」

ルカナは涙ぐんで鼻声になった。Sにはルカナの気持ちがわかるのだ。

「いらなかった。名前なんて。でも、サイファっていう単語に、何か運命みたいなものを感じて――」

「僕の人外も」

Sはソファーに座っているマスクの男に顔を向けた。

「名前らしい名前はないんだ。他と区別しなきゃいけないこともあるから、清掃員と呼んでるけどね。彼はきれい好きなんだよ。僕の代わりに掃除してくれる」

「掃除……」

「ああ、ルカナさん。きみは察しがいい。そうだよ。掃除にも色々ある。彼は、僕にはできないこともできるんだ。どうやらきみのサイファも同じみたいだね」

　ルカナはどう答えるべきか迷った。これは誰にも言ったことがない。ルカナ自身、素直に認めることが難しかった。

　でも、相手はSだ。それに、どうせSにはバレている。

　マスクの男。清掃員。彼はルカナのベッドの下に潜んでいた。きっと様子をうかがっていたのだ。清掃員はルカナとサイファの関係を知って、Sに伝えたのだろう。

「……そうです。あたしも、ハッキングとかプログラムとか、最低限の知識はあるけど。サイファみたいなことは逆立ちしてもできない。X－lumに侵入したのも、あたしじゃないんです。サイファがいなきゃ、とてもできなかった……」

「それは」

　Sは合掌するようにそっと両手を打ちあわせた。

「すばらしいことだよ、ルカナさん。きみとサイファは、特別だ」

　ルカナの息遣いが全力疾走したあとのように浅く、速くなった。体の奥のほうがやけに熱くて、あちこちが痺《しび》れる。

　すばらしい。Sこそすばらしい人だ。この人はルカナを完全に理解している。

　特別。

　ルカナは何よりもその言葉が欲しかった。誰かにそう言ってもらいたかった。

そう言ってくれたのが、あのSなのだ。

「あたっ、あたし、あたしっ、なっ、何が、何、したら、いいですか、あなたのために、何ができますか、あたしに、何が……」

「落ちついて、ルカナ」

Sはもうルカナのことをルカナさんとは呼ばなかった。呼び捨てにしてくれた。その意味をルカナはたちどころに悟った。ルカナはSに認められたのだ。

「だけど、きみは本当にすごい。ここまできみに足を運んでもらったのは、まさにそのためだよ。きみにやってもらいたいことがある。僕の仲間になって欲しい」

「なります」

ルカナは即座にうなずいた。

「仲間にでも、何でも。あなたのためにできることが、何か一つでもあたしにあるなら、どんなことだってやります」

「きみがそう言ってくれるだろうと欠片《かけら》も思わなかったとしたら、この僕は逆さまに降る雨のような嘘《うそ》つきになってしまうのかな?」

Sはわざと回りくどい言い方をしたのだろう。ほんのりとだが、軽口をたたくような語調だった。そして、X－fes．にSが書きこむ際の言葉の選び方そのものだった。

もしSが望むなら、ルカナはひざまずいて忠誠を誓うだろう。しかし、Sが求めているのは仲間だ。ルカナは仲間としてSのために力を尽くすのだ。今この瞬間、それがルカナの願いになった。

すべてはSのために。

Sのためなら、何だってできる。

＋＋＋＋＋＋＋＋

Sは、X－lumに接続できる上位会員しか使えない、MeXというメッセージアプリのアカウントをルカナのために作ってくれた。X－lumに侵入しなくても、必要な情報はMeX経由でSが与えてくれる。毎日ではないけれど、Sはたまに「まだ起きているのかい？」といったメッセージをルカナに送ってくれたりもする。Sと直接やりとりができる。X－fes．やX－lumを管理運営する組織のことや、人外のこと、S自身の計画についても、S本人から教えてもらえる。ルカナは今や、純度百パーセントの真実に接することができる。

ルカナはサイファにあるアプリケーションを作らせた。

もちろん、Sのためだ。

MeXでSと話しあって構想を練り、サイファにプログラムを組ませた。

アプリの名はルカナが決めた。

Happy ever after

ハッピーエバーアフター。

お伽話《とぎばなし》のように末永くいつまでも幸せに、といったような意味だ。

このアプリは幸せになりたい者に使って欲しい。逆に言えば、今、幸せじゃないと感じている人のためのアプリだ。

もっとも、ハピエバことHappy ever afterが果たしてうまく機能するのか。

ルカナとしては、やってみないとわからない。ハピエバを作りあげたのはサイファだ。想定どおりに動作するかどうかは、ルカナでも確認できる。けれども、中身の詳細がよくわかっていない。

試してみるしかない、ということだ。

テスト段階だし、いきなりネットでばらまくわけにはいかない。効果や作用を確認しつつ、不具合があれば修正する。バージョンアップを重ねて完成させるのだ。

これには、Sが清掃員に託して届けてくれたハッキングツールが役に立った。見た目はUSBメモリだが、スマホに接続するとセキュリティーを突破して指定のアプリをインストールできる。

ルカナの中学校では、緊急連絡の用途以外でスマホを操作することは禁止されている。

持ち込み自体は問題ないので、スマホを鞄《かばん》に入れている生徒は少なくない。移動教室の際は、無防備でハックし放題のスマホが何台もある。

ルカナは学校のサーバに侵入して、クラス替えなどに利用する内部的な生徒の個人情報を入手した。それをもとに候補を選定し、スマホを持っていたらハックして、ハピエバをインストールした。

【ハピエバに招待されたよ。新しいSNSを使ってみよう!】

しばらくすると、そんな通知がスマホに表示される。

ハピエバは完全匿名のＳＮＳだ。中高生が興味を持ちそうな著名人も、正体を隠して多数、参加している。ユーザー名を決定して開始すると、さっそくハピエバ内の仲間たちが声をかけてくる。

【はじめまして!】

【×××のアイス大好き太郎です】

【カオス!】

【朝から寒いね?】

適当に返答しているうちに、特定の個人名、地名などは勝手に「×××」と伏せ字に変換されることにユーザーは気づくだろう。他のユーザー、仲間たちの発言中にある伏せ字には、推測がつくものもあれば、見当がつかないものもある。ハピエバには謎解きの要素もある。

ハピエバにはルールがある。二十四時間に一回はアプリを起動してログインしないといけない。さもないと、ハピエバは自動的に消える。ユーザーの全発言もサーバから消去されるとアプリ側から説明がある。辞めたくなったら、ただログインしなければいい、ということだ。

仲間たちは気ままに雑談している。こんな不愉快な目に遭った、理不尽な出来事があった、と報告すれば、仲間がすぐに反応する。慰めてくれる。悩みに寄り添ってくれる仲間もいる。【つらいわー】と一言洩《も》らせば、仲間が励ましてくれる。

【もっと自分に正直になってもいいんじゃない?】

【素直な自分でいれば大丈夫】

【我慢しないほうがいいよ】

【大事なのは本当の自分だから】

【あるがままの自分でいればそれでよしだよ】

【まだ自分がどういう人間なのか気づいてないだけだよ】

【でも、自分自身はいつもそこにいるから】

【今はわからなくても、そのうちきっと見つかるはず】

【自分自身を見つけよう!】

【難しく考えなくていいんだよ】
【ただ自分自身を探しあてればいいだけ】
【自分を探そう！】
【自分を見つけだそう！】

ハピエバは幸せになりたい者が使うアプリだ。今、あなたは幸せじゃないと感じているなら、ハピエバで幸せになって欲しい。どうか末永く、いつまでも幸せに。

まるでお伽話《とぎばなし》だ。

言うまでもないことだけれど、お伽話は現実じゃない。現実の世界に、いつも慰め、寄り添い、励ましてくれる仲間たちなんて存在しない。ハピエバは現実からかけ離れている。当たり前だ。

仲間たちなんてどこにもいない。ハピエバはSNSじゃない。アプリを立ち上げれば、仲間たちと繋《つな》がれる。そう装っているだけだ。サイファが作りあげた。ユーザーの思考や感情をある方向に誘導するためのプログラムだ。

二年生になってから、ルカナはハピエバの試験運用を本格化させた。

その日の三時間目、体育の授業で二年一組の教室が空になることはわかっていた。ルカナはサイファを連れて目当ての席に近づいた。机に掛かっていた鞄《かばん》の中を探ると、ポケットにスマホが入っていた。二年ほど前の古い機種だが、問題ない。ルカナはスマホの充電口にハックツールを接続した。作業は二分足らずで完了した。

ルカナはスマホを鞄《かばん》のポケットにしまった。教室から出るまで、なんとか笑いの衝動を抑えていた。戸を閉めた途端、こらえきれなくなった。ルカナは肩を震わせて笑いながら廊下を歩いた。おかしくて涙が出てきた。

「幸せになってねぇ、イトハ……」

＃３／
瞳、流れる、
彗星《すいせい》
wish upon a comet

僕ら今夜鼬《いたち》なんか餌にして我先に狼《おおかみ》を殺そう
獲物は隠して見つからなくしてしまえばいいよ
取り返せない宝物ほど胸の痛みは深まるものだから

――『作品＃10』S

#3-1_otogiri_tobi/ 手をとりあって力になりたい

「第……これ何回目？　中庭会議を開催しまーす」

高らかにと表現するには陰気な声で浅緋萌日花《あさひもにか》が宣言すると、白玉龍子《しらたまりゆうこ》が拍手した。

「わぁーっ」

そうやって無理に盛り上げる必要がどこにあるのだろう。飛《とび》は早くもげんなりしていた。

萌日花と龍子に挟まれてベンチに座っているだけで、なんだか疲れる。

「ていうか、何の会議……」

「腹が減るぜ……」

飛にしょわれているバックパックが呻《うめ》いた。

「そっか」と呟《つぶや》いた萌日花は人外が見える。人外の声を聞くことができる。飛や龍子のように。でも、飛にバクがいて、龍子にはチヌラーシャがいるけれど、萌日花にはいない。

「バクは食欲があるんだね」

「あァン？　なんか文句あっかよ」

「文句はない。難儀だなってだけ。龍子のは？　何だっけ」

「名前ですか？」

龍子はポシェットを開けた。すぐに中から角を生やした白いもふもふ人外が顔をぴょこんと出す。しかし、よくあのポシェットに入っていられるものだ。飛の気のせいだろうか。なんか、でっかいような。大きくなってない？

「チヌラーシャといいまして、チヌと呼んだりしています」

「チヌちゃんはどうなの？」

「おなかですか？」

龍子はチヌの角を指先でこちょこちょとさわりながら、「むー……」と考えこんだ。

「そういうことは、とくにないのではないかと。チヌはバクのようにしゃべりませんし、わたしにも本当のところはわからないですが、おそらくは」

「それならそのほうがいい。言っとくけど――」

萌日花はバクを軽く叩《たた》いてから、チヌのもふ毛をさっと撫《な》でた。

「食事は慎重にね」

「オレは我慢してるっつーの！　とォーっくに我慢しまくってるわ！」

ところで、普通にバクを交えて会話するの、やめてくれないかな。飛は喉まで出かかった言葉をのみこんだ。用心するのも馬鹿らしくなってくる。中庭には他の生徒も少なからずいるが、誰も飛たちを気にしていないようだし。中庭の向こうにある駐車場をうろうろしている灰崎《はいざき》は、まあ、無視しても問題なさそうだ。

「バクは偉いよ」

萌日花《もにか》に褒められると、バクはわかりやすく調子に乗った。

「へへッ。だろォ？」

「自制心があるなんて、すごい」

「そうだぜ。オレはすげえんだよ。知ってたけどな！　何なら、崇《あが》めたっていいんだぞ。ほら、飛《とび》。拝め」

「やだよ……」

「なむなむ……」

龍子《りゅうこ》がバクのほうに顔を向けて両手を合わせた。「ムフフッ」と得意げに笑うバクが少しばかり腹立たしいし、バックパックをしょっている飛まで拝まれているようで居たたまれない。本当にやめて欲しい。

「ただし――」

萌日花は脚を組んでゆっくりと頭を揺らした。

「食べれば食べるほど、抑制がきかなくなっていくかも」

「ハンッ！　オレを他のヤツと十把一絡《じっぱひとから》げにするんじゃねえ。耐えがたきを耐えるのがこのオレよ」

「だといいんだけど」

「こんだけ我慢してやってんだから、ご褒美にちっとは食わせろってんだ！」

「人外を食べられた主《あるじ》がどうなっちゃうかは、知ってるでしょ？」

萌日花は真顔になって声を低くした。

「紺《こん》ちあみ。正木宗二《まさきしゅうじ》。二人の人外を食べたのは、バクだよね」

「な、なぜっ……」

龍子は今にもチヌがはみ出そうなポシェットをぎゅっと抱いた。

「……そ、そのことを、どうして萌日花が知っているんですか……？」

「私が調べてることは、それも込みだから」

「答えになってなくない？」

飛が問い質《ただ》しても、萌日花はまったく怯《ひる》まない。

「この学校、再発が多すぎる」

質問に答えないし。すぐ話をそらす。でも、聞き逃せないようなことを言いだすものだから、耳を傾けざるをえない。

「思春期って、わりと危なくて。第二次性徴なんかがあって、子供から大人に成長する時期には、再発も比較的起こりやすい。そうはいっても、多すぎだよ。これだけぽこぽこ再発したら、中にはトラブルを起こすケースがあってもおかしくはない」

つまり、萌日花は何が言いたいのか。

「……原因があるってこと？　何か、再発を――引き起こすような？」

「じゃないかなと、私は睨《にら》んでる」

萌日花《もにか》はそれを見つけだしたいんですね？」

龍子《りゅうこ》の鼻息が荒くなった。そんなに意気込まなくていいのに。

「何かあるんでしょうか。再発させた人たちに、共通点のようなものが」

「学校が持ってるデータくらいなら見られるけど」

萌日花は微妙にやばそうなことをさらっと言った。

「データとは、アイティー系の……？」

たぶん龍子は、自分が言っていることの意味をあまり理解していない。

「まあ、ＩＴっていえばＩＴか。学校のサーバに保存されてるようなやつ」

萌日花がサーバとか保存といった単語を口にすると、ようやく龍子は鼻白んだ。

「……そ、そんなものを、どうやって？」

「ツテ？　コネかな」

「も、もしや萌日花は……この学校の、理事長的な方とお知り合いだったり……？」

動揺しているせいか、龍子がおかしなことを言いだした。飛《とび》はため息をついた。

「いないでしょ、理事長なんて。公立だし」

「です、よね……」

「学校が把握しているくらいの情報ならたぶん、引き出せる」

萌日花は重ねて言った。だから、なぜ。どうやって。飛としてはそこが知りたい。知らないほうがいいような気もする。なんとなく犯罪的なにおいがしなくもない。

それとも、逆だろうか。

たとえば警察なら、捜査の一環として個人情報を閲覧することもできそうだ。中学二年生の浅緋《あさひ》萌日花が警官なら。そんなわけがない。

「でも、どうかな」

萌日花は腕組みをした。

「やってみるにしても、個人的にそこにはあんまり期待してない。あとは、古典的に足で稼ぐか。再発してる人は見ればだいたいわかるし、個人面談」

「僕はそれ、向かない」

飛が反射的に言うと、萌日花は鼻で笑った。

「だろうね。こっちもだけど」

「わたしは人とお話しするのが基本、好きですし、やってやれないことはないかと！」

龍子はいくらなんでも力みすぎている。

「大丈夫かァ？　お龍《りゅう》……」

バクも飛と同程度には心配らしい。

「もちろん大丈夫です！」

龍子《りゅうこ》はきっぱりと言いきった直後、一転してしょぼくれた。忙しい人だ。

「……たまに、なんというか、引かれる？　こともあったりするのは、自分でもわかっています。現実問題として、面識のない人が相手だと、やや難しいかもしれません……」

「せめて、絞りこんだほうがいいか」

萌日花《もにか》は自分の膝に頬杖《ほおづえ》をついて、んー、と唸《うな》った。

「もうちょい考えてみる」

「お願いします！」

龍子の熱の入れようはいったい何なのか。たまに引かれることがあるのは、そういうところなんじゃないの。飛《とび》は思っただけで、口には出さなかった。偉そうなことを言える筋合いじゃない。

飛はどうも浅宮《あさみや》に嫌われてしまったようだ。何か浅宮を怒らせるようなことをしたのだろうか。いくら考えてもわからない。無意識に嫌なことを言ったのか。身勝手な振る舞いをするなどして、それこそ引かせてしまったのか。

たまに他人を引かせていると、龍子はちゃんと自覚している。飛よりはずっといい。

「手当たり次第に食っちまって解決するなら、いっそ楽なんだがなァ」

バクがぼやくと、萌日花は両手の人差し指で×を作ってみせた。

「それ、冗談抜きで危険。食べまくって暴走したあげく、主《あるじ》まで食べちゃう事例とかもあるらしいから」

「ハァ……？　主を食らうだとォ？　オレだったら、飛を——ってことか？」

「超レアみたいだし、私もよく知らないけど」

「ヘッ！　このオレが飛を食ったりするかよ。まずそうだしなァ？」

「……僕がおいしそうだったら、食べるわけ？」

「バァーカ！　何があろうと、相棒を食ったりしねえっつーの！」

飛もバクのことは理屈抜きで信じている。

一方で、こうも思う。

食欲だって理屈じゃない。

＋＋＋ ＋ ＋＋＋＋

そろそろ昼休みが終わりそうなので中庭をあとにすると、まず龍子が遅れはじめて萌日花とも距離が開いた。

「あぁ……ええと、わたし……」

龍子は言いづらそうだったが、萌日花はあっけらかんとしたものだった。

「ちょっと花摘んでくる」

飛《とび》はどう返事をすればいいかわからなかったので、とりあえず、了解、というふうにうなずいてみせた。二人を置き去りにして先を急いだ。

「ちなみに、花を摘むってのはアレだぞ、飛——おっ」

飛はバクのストラップを強く引っぱって黙らせた。わかるってば、それくらい。

二年三組の教室に入ろうとしたら、浅宮《あさみや》が廊下の壁に背を預けてしゃがんでいた。スマホをいじっている。邪魔しないほうがいいだろうか。嫌われているのかもしれないし。

以前の飛なら、今と同じ状況で浅宮に近づこうなんて考えもしなかっただろう。そもそも、以前の飛だったら、浅宮と口をきくような関係になることはなかった。

飛は深呼吸をした。けっこう勇気が要《い》った。

「浅宮」

歩み寄ってゆくと、浅宮は慌ててスマホをポケットに突っこんだ。

「……ああ。弟切《おとぎり》」

浅宮は立ち上がって、前髪をさわりながら作り笑いをした。ずいぶんぎこちない笑顔ではあった。でも、拒絶されているような印象は受けない。飛は自分でも意外に思うほどほっとしていた。胸が躍るような感覚さえあった。

そうか、と飛は思った。

嬉《うれ》しいのか、僕は。

「何？　どうかした？」

浅宮はまだ前髪をつまんだり指で梳《す》いたりしている。少しだけ頬が赤い。どうかした、と尋ねられて、飛は困った。正直、どうもしない。ただちょっとしゃべりたかった。それもおそらく違う。本当に浅宮に嫌われているのかどうか、確かめたかった。

「や、べつに――」

とはいえ、僕のこと嫌いなの、とは訊《き》けない。

なんとなく、嫌われてはいないような感じがする。

飛は急に浅宮の顔を直視できなくなった。どういうわけか妙に恥ずかしくて、自然と目線が下がった。浅宮の首のあたりを見て、それに気づいた。

「べつに……」

飛は繰り返した。べつに？

どこが？

「――オイ、まさか……」

バクが狼狽《ろうばい》して微《かす》かに身を震わせた。

「ん？」

浅宮はわずかに顔をしかめた。不審がっている。それはそうだろう。飛は平静を装おうとしている。装うことができているのか。できていない。明らかに失敗している。

よく見ないとわからない。浅宮《あさみや》の首に細い紐《ひも》のような、テープのような、もしくはベルトのようなモノが巻きついている。

それは半透明だ。肌が透けて見える。色らしい色はほとんどない。

アクセサリーのたぐいではないだろう。

なぜなら、動いている。

ほんのちょっとだが、うごめいている。

紐やテープ、ベルトというよりも、蛇だ。

半透明の蛇が浅宮の首に絡みついて、締めあげようとしているのか。それともただ、ちょうどいい居場所を探っているだけなのか。

「べつに」

飛《とび》は下手な笑顔を作ってみせた。

「なんでもないよ」

「……ああ。そう？」

浅宮は腑《ふ》に落ちない顔をしていた。でも、それ以上は何も言ってこなかった。飛は浅宮と連れだって教室に入ったが、ろくに話せなかった。話をするどころじゃなかった。

あの半透明の紐かテープかベルトのような、蛇のようなモノ。

どうやら本人は気づいていない。

飛には見えた。

人外だ。

浅宮は再発したのだ。

＋＋＋＋＋＋＋＋

放課後、飛は龍子《りゅうこ》、萌日花《もにか》と目配せを交わすと、三人で一気に浅宮を包囲した。前もってひそかに打ち合わせしていた。段取りに従って進めるだけでよかった。

「――えっ？　え？　何？　えっ……？」

浅宮はさぞかしびっくりしただろう。助けを求めるように飛を見た。気の毒だけれど、理由があってのことだ。

「浅宮、あの……ええと、何だっけ……あれ……」

言うことは決めていたはずなのに、なぜか出てこない。

「飛ィ……」

バックパックが呆《あき》れている。

「浅宮くん！」

見かねたのか、龍子《りゅうこ》が浅宮《あさみや》の腕を掴《つか》んだ。浅宮は素早かった。間髪を容《い》れず龍子の手を振りほどいた。

「な、何なんだよ、いきなり！」

「浅宮、あの、きょ、協力――」

飛《とび》はなんとかその言葉を頭の中からひねり出した。

「協力……して欲しいことが、あって。浅宮に。まあ……いやじゃなければ、だけど」

「……俺が？」

「うん」

「ていうか」

萌日花《もにか》は上目遣いで浅宮を見すえた。少し怖い目つきだ。

「多少いやでも、協力して」

「……強引だな」

浅宮はため息をついた。

「わかったよ。俺なんかに何ができるのか、知らないけど。どうせ暇だし……」

+++ + ++++

念のため浅宮を取り囲んで逃げ道をふさぎ、協力を要請する。実のところ、話し合って決めていたのはそこまでだった。飛だけじゃなく龍子も、とくにその先のことは考えていなかったようだ。でも、萌日花はあらかじめ計画を立てていたらしい。

飛たちは萌日花に導かれて学校から十分かそこら歩き、このあたりで一番大きなスーパーマーケットに辿《たど》りついた。萌日花はフードコートで席を確保しておくよう龍子に命じると、飛を連れてハンバーガーショップに行き、ドリンクとポテト付きのセットを四つ注文した。セットが二つずつ載ったトレイ二つは飛が持った。席に向かうと、龍子と浅宮が座って待っていた。

「私のおごり」

萌日花が、ほれ、と顎をしゃくってみせた。偉そうに。ただ、四人分を支払ったのは萌日花だ。しかも、セットメニューの中から値段の高いものを萌日花は選んだ。飛はおとなしくテーブルにトレイを置いた。

「ビッグなチーズトマトバーガーのセットで、ドリンクは全部メロンソーダにしたけど、問題ないよね？」

萌日花は浅宮の隣の椅子に腰を下ろして脚を組んだ。飛は龍子の隣に座った。

「な、ななな、なんて豪勢な……」

龍子は目を大きな丸に変えている。

「……いいのか？」

浅宮《あさみや》はあやしんでいるのか、恐縮しているのか。両方だろうか。

「協力してもらうんだし」

萌日花《もにか》は平然と言った。

「私、経済力あるから」

中学二年生の口からはなかなか出てこない台詞《せりふ》だ。浅宮が飛《とび》を見た。本当に奢《おご》られてしまって大丈夫なのか、と目で訊《き》いている。どう答えればいいのだろう。飛だってよくわからない。

「いただきまーす」

萌日花はビッグなチーズトマトバーガーとやらの包装を手早く剥《は》ぐと、いきなり大口を開けてかぶりついた。

「──うまっ」

「カァーッ……！」

バクが叫んだ。萌日花の食べっぷりに触発されたのか。バクは食欲の対象が違うはずなのに。飛もたまらなくなってきた。

「わたし、ハンバーガーは初めてです……メロンソーダも……！」

龍子《りゅうこ》は震えている。

萌日花は二口目ですでにハンバーガーを半分ほど食べてしまっていた。ニヤッと笑い、親指を立ててみせる。

「食べてみ。最高だよ」

「そ、それでは、失礼して……」

龍子は丁寧に包装を外し、目をつぶってハンバーガーを齧《かじ》った。

「んんっ……！」

咀嚼《そしやく》する。

「んん！　んん！　んんん……！」

口を閉じたまま声にならない音を発するたびに、瞼《まぶた》がびくびく動く。おもしろい。

「……だめだ。いただくわ。我慢できね」

浅宮も食べはじめた。とてもうまそうだ。

「飛、おまえも、オラッ！」

バクに焚《た》きつけられるまでもなく、とてもじゃないがもう辛抱できない。だいたい、どうして辛抱していたのか。自分でもよくわからないまま、飛はハンバーガーを包装から解き放って、容赦なくがぶっといった。おう、という声がもれそうになった。飛は口も瞳もきつく閉じて顎を動かした。パンとハンバーグとレタスとチーズとケチャップとピクルス
「マジ？」

とコショウ等々が渾然一体《こんぜんいったい》となった味わいに、脳が痺《しび》れる。

「……何だ、これ」

この味は暴力的だ。殴りかかってきて、食べた者を叩《たた》き伏せてしまう。

「どうなんだッ⁉」

バクが訊《き》いてきた。この一言しか出てこない。

「うめぇ」

それから飛《とび》たちは食事に専念した。ビッグなチーズトマトバーガーとフライドポテトはあっという間に中学生たちの胃袋へと流しこまれた。飛と萌日花《もにか》、浅宮《あさみや》はメロンソーダもすぐに飲み干してしまった。龍子《りゅうこ》だけはちびちび飲んだ。炭酸飲料は好きみたいだが、やはり刺激が強いので、それほど得意ではないらしい。

「──それで、協力って？　俺、何すればいいの？」

浅宮は言いながらぐしゃぐしゃの包装紙を畳んでいる。無意識でやっているようだ。癖なのだろうか。

「最近、何か変わったことはなかった？」

萌日花が尋ねると、浅宮は手を止めた。うつむいて、口許《くちもと》をゆがめる。

「……変わったこと、か。ありすぎてさ」

「だよね……」

飛はそれとなく浅宮の首を注視していた。細い紐《ひも》かテープ、ベルト、あるいは蛇のような半透明人外が、じわじわと主《あるじ》の首を締めつけている。そんなふうに見えるだけかもしれない。そもそも人外が主を傷つけたり苦しめたりするのだろうか。バクが飛を。チヌラーシャが龍子を。ちょっと想像がつかない。

「そうだな……まあ、紺《こん》とか正木《まさき》のこともあれだけど、一番は、ミユの――」

浅宮は「高友《たかとも》の」と言い直した。

「……こと、かな。俺的には。幼馴染《おさなじ》みだし。結局、原因もはっきりとはわかんないままだし。俺自身、なんか……前とは違う気がする。こんなこと言ったら、おかしいんじゃないかって思われるかも、だけど……頭の中で、妙な声がしたりとか。今はもう、ないんだけど。やっぱ俺、変だわ……」

飛は知っている。その声は正木宗二《しゅうじ》の人外によるものだ。正木の人外は声を聞かせることで、他者の精神状態に影響を与えていた。だから、少なくともその点に関して言うなら、浅宮はちっとも変じゃない。

「私が訊きたいのは、もっと最近のこと」

萌日花の口調は淡々としていて、何か癪《しゃく》に障《さわ》る。もうちょっとさ、と飛は思ってしまう。やさしくしたりとか。気遣ってやれないのか。奢《おご》りはしたけれど。ビッグなチーズトマトバーガーのセット。うまかったけど。

「たとえば、私が転校してくる前じゃなくて、あと。何かなかった？」

「何か——」

浅宮《あさみや》はせっかく途中まで畳んだ包装紙をぎゅっと握って丸めた。

「それって、浅緋《あさひ》が転校してきたことは抜かして、だよな？」

「当然」

「……変な——そういえば」

浅宮は紙屑《かみくず》をトレイに置いて、ポケットからスマホを出した。

「アプリが、勝手に。SNSなんだけど。俺、インストールした覚えなくて。なのに、勝手に入ってて」

「そのアプリ、使っているんですか？」

龍子《りゅうこ》が眉根を寄せて訊《き》いた。

「あやしいとは、思ったんだけど……」

浅宮はスマホを出したものの、ディスプレイを下に向けている。見せようか見せまいか迷っているようだ。

「すぐ消せるし。一日ログインしなかったら、アカウントごと削除されるって。それで、なんとなく使ってみて……」

「何てアプリ？」

萌日花《もにか》が気のないふうに頬杖《ほおづえ》をついて尋ねると、浅宮は「ハピエバ」と答えた。

「ハッピーエバーアフターっていうんだけど。検索しても、出てこないんだよな。どっからインストールしたんだろ、俺……」

萌日花は「見せて」と言うが早いか浅宮の手からスマホをひったくった。早業だった。

「――あっ！」

「指紋認証して」

萌日花は浅宮のスマホを本人の鼻先に突きつけた。

「……個人情報だぞ」

浅宮は渋々スマホに親指を押しつけた。ロックが解除され、画面が表示された。

「書いたこととか、読まれたくないんだけど……」

「大丈夫。私、きみのプライベートにはこれっぽっちも興味ないから」

萌日花は浅宮のスマホを操作した。

「これか。ハピエバ」

人差し指でアイコンをタップしようとする。その寸前だった。いきなり浅宮が萌日花からスマホを奪い返そうとした。

「やっぱやめてくれ！」

「え、ちょっ――」

萌日花《もにか》はとっさに身をよじって浅宮《あさみや》の手を躱《かわ》した。でも、浅宮はあきらめない。

「愚痴とかめちゃくちゃ垂れ流してるし、ハピエバのやつらは全員、匿名だから平気だけど、同級生に内容知られたら恥ずかしくて生きてけないって！　返せ……！」

龍子《りゅうこ》が「あっ……」と何か言いかけた。浅宮の名を呼ぼうとしたのだろうか。浅宮が矢継ぎ早に繰りだす両手をよけつづけている、萌日花の反射神経もすごい。感心している場合じゃないか。

「返せよ！　返せ！　マジで返せって……！」

このままだと埒《らち》が明かないと思ったのか、それとも、ついにキレてしまったのか。浅宮は萌日花の髪の毛をつかんで引っぱった。

「──痛っ……」

「浅宮！」

まずい。飛《とび》は椅子を立って二人の間に割りこもうとした。そうしたかった。できなかった。苦しい。

「っ……」

急に息ができなくなった。何だ。どうして？　首が。飛は右手で自分の首をまさぐった。

バクと龍子が同時に叫んだ。

「飛イッ！」「飛……!?」

何か。何かある。首に。巻きついている。そういえば、一瞬、見えたような。飛は何を見たのか。細いモノだ。そうか。浅宮。浅宮の首に、ない。見あたらない。紐《ひも》のような蛇のような半透明人外が。ここにいる。飛の首に。半透明人外は瞬時に浅宮から離れた。そして、飛の首を絞めている。

「ん……っ……」

かなり息苦しいが、まったく呼吸ができないかというと、そこまでじゃない。たぶん、すぐには窒息しない。飛はどうにか浅宮を止めようとした。しかし、その前に浅宮は萌日花からスマホを取り返してしまった。

「だめだ。これがなきゃ。だめなんだ。支えなんだよ。俺の気持ちなんてわからないだろ。笑えよ。おかしいだろ。笑えばいいよ。笑え。俺には必要なんだよ……」

可笑しくはない。おかしい。浅宮の様子が。

「……くっ……」

飛は半透明人外を振りほどこうとした。指は引っかかる。でも、引き剥《は》がせない。この半透明人外、力が強い。なんだか少し大きく、というか、太くなったような気もする。

「と、と、飛……」

龍子は椅子に座ったまま、パントマイムでもするみたいに左右の手を動かしている。萌日花はさすがと言うべきだろうか。じっと飛と浅宮の様子をうかがっている。

「くっそ、飛《とび》イ……！」

バクが暴れだした。食いたい。食ってやる。バクは浅宮《あさみや》の半透明人外を食べてしまうつもりだ。飛を守るために。守る。そうか。飛はバクを抱えこんだ。

「大丈夫、だから——」

この半透明人外も同じだ。

浅宮を守ろうとした。

「落ちついて、浅宮」

浅宮はスマホを両手で握り締めて小刻みに震えている。フードコートにはさぞかし異様な空気が流れていることだろう。でも、そこまで気にする余裕はない。今の飛にできるのは、浅宮に精一杯、なるべく普通に語りかけて、理解してもらうことだ。

「その、SNSっていうのが何なのか、僕は知らないけど。無理やり取り上げたりは、しないから」

「し、信じられるかよ！」

「……いいよ、信じて、くれなくても、いい。ただ、僕はそんなこと、しないし——もう、させない」

よく声が出るものだ。息もろくにできないのに。自分はどうやってしゃべっているのか。飛自身、不思議なほどだ。

「帰れば、いい……スマホ、持って。僕は、取らないから。浅宮が、そうしたいなら、い、いいよ。帰って、いい……」

浅宮がどんな表情をしているのかなんて、飛にはもうよくわからなかった。浅宮は前髪が長いし。普段からけっこう顔が隠れている。顔を見られたくなくて、隠そうとしているのかもしれない。その気持ちはなんとなく、飛もわかる気がする。

「……違う」

涙声だった。浅宮は泣きだしそうだった。

飛は息ができるようになった。飛の首を絞めていた半透明人外の力がゆるんだ。

「帰りたい……わけじゃない。こんなふうに、帰りたくない……」

半透明人外が飛の首からするりと離れ、胸から腹、右脚を伝い下りていった。頭らしきものがないので、見た目は半透明の動く紐《ひも》だ。でも、床を滑るように進んでいって浅宮の体を伝い登り、首にぴったりと収まった。浅宮に寄り添い、いざとなれば浅宮を守ろうとする。飛にとってのバクと同じだ。

「本当は、俺、嬉《うれ》しかったんだ」

浅宮は椅子に腰を下ろした。

「力になれるなら、なりたいよ。誰かに頼られたりとか、めったにないし。それに、弟切《おとぎり》とは……話したりとか、この頃してるし。だから、なんていうか……」

「お友だちですものね」

龍子《りゅうこ》が謎のパントマイムをやめて、力強くうなずいてみせた。

「やっぱり、お友だちの力にはなりたいです」

「まあ……」

飛《とび》は首をさすりながら椅子に座った。向かいの浅宮《あさみや》が前髪の隙間からちらっと飛を見た。

龍子のように、友だちだよ、とたやすく言えればいいのだが、どうしても照れてしまう。

友だちじゃない、とは、少しも思っていないのに。

騒然としていたフードコードも、やがて平静を取り戻した。

「私が悪かった」

萌日花《もにか》が隣の浅宮に軽く頭を下げてみせた。

「そうだよ」

飛は思わず口を出してしまった。

「萌日花が悪い」

「だから謝ってるでしょ」

萌日花がそっぽを向くと、浅宮が噴きだした。

「すげぇ逆ギレ」

「スマホ」

萌日花は浅宮のほうを見ずに手だけ差しだした。

「調べさせて。許可してくれるなら、専門の機関に依頼して、そのハピエバってアプリを解析したい。あと、これは一般論だけど、そんなあやしいSNS、絶対さわっちゃだめだよ。どんな情報抜かれるか、わかったものじゃないし」

「……そういう態度がさ。どうかと思うよ」

浅宮は文句を言いながらも、萌日花の手の上に自分のスマホを載せた。

「え、専門の機関？　浅緋《あさひ》にはその手の知り合いがいるってこと？」

「知り合い、か」

萌日花はスマホを持った手の角度を変えたり、首を傾けたりした。

「知り合いとは違うかな。あとで会わせるよ。親御さんにも立ち合ってもらうから」

「親って、俺の？」

「私たち中学生だしね。法律上、無能力者っていって。自分一人で法的な責任を持てない、みたいな。だから、どうしても大人が必要だったりして。しょうがないけど」

「……浅緋、難しいこと知ってんだな」

「とにかく、あとで色々ちゃんと説明するから」

萌日花はそれから飛と龍子を順々に見た。

「いい機会だし、そのうちきみたちにも会ってもらう。教えられる範囲のことは教えるよ。

どこかのおじさんとは違うから」

飛《とび》は龍子《りゆうこ》と目を見交わした。どこかのおじさん。萌日花《もにか》は灰崎《はいざき》のことを、おじさん、と呼んでいた。灰崎とは違う。どういう意味なのだろう。

#3-2_otogiri_tobi/ 終＊執着・点

——あれはどこなのか。ファミリーレストランだろうか。バスか何かに乗ったような記憶もある。兄は弟切《おとぎり》飛をどこかのショッピングセンターに連れて行ってくれたのかもしれない。その中の飲食店なのか。たしか兄が飛のためにお子様ランチを選んだ。エビフライにハンバーグ、唐揚げまで。プリンもついていた。オレンジジュースも。赤く色のついたライスに小さな旗が刺さっていた。とても豪華だと感じた。食べてもいいの、と兄に尋ねたような気がする。兄は笑っていた。いいに決まってるだろ。

「飛、おまえは特別なんだよ」

どうしてか、兄にそう言われたことだけは、やけにはっきりと覚えている。

+++ + ++++

その車は、学校帰りの中学生たちが通らない側道でハザードランプを点滅させていた。かなり大きな銀色のワンボックスカーだ。めずらしい車じゃない。同じ形の自動車をよく見かける。転校初日の浅緋《あさひ》萌日花が乗りこんだ車も、たしか似たようなワンボックスカーだった。というか、まさしくこの車だ。

スーパーマーケットのフードコートで浅宮《あさみや》がスマホを渡した翌日の放課後、飛《とび》と龍子《りゅうこ》は萌日花《もにか》に連れられて、そのワンボックスカーに乗ることになった。来たくなければ来なくていい、とのことだったが、今さら断る理由もない。

その車の広々とした後部座席には、対面式のシートが設《しつら》えられていた。電車でもあるまいし、向かいあって座れるようになっているのだ。

運転席と助手席に一人ずつ乗っていて、後部座席には一人だけだった。スーツ姿の男が一番奥の席に腰かけている。

「初めまして。弟切《おとぎり》飛くんと、白玉《しらたま》龍子さん？」

何歳くらいなのかよくわからないけれど、若くはないだろう。顔が長くて、やたらとにこやかだ。少し鼻に掛かった声の音量がずいぶん大きい。

「ささ、入って、座って、ほらほら、どうぞどうぞ」

男は中腰になって自分の向かいの座席を飛と龍子にすすめた。男の隣に腰を下ろした萌日花が、さっさと座れ、というような目をしてみせる。飛と龍子が黙って座席につくと、後部座席のスライドドアが勝手に閉まった。

「いやぁ……」

男はシートに座り直しながらジャケットのボタンを外して、また留めた。

「なんか、あれだね。初対面の若い人たちとこうやってあれだと、緊張しちゃうね。ええと、そうだ。車、出してくれる？」

すぐに車が走りだした。龍子はすっかり硬くなっている。不安が顔に出まくっていて、おかげで飛まで落ちつかなくなってきた。

「大丈夫だ、飛。オレがいるんだからよ」

バクの余裕綽々《よゆうしやくしやく》ぶりは演技かもしれないが、心強くはある。

「ああ……そうだ」

男はジャケットの胸ポケットから名刺入れを出した。中からさっと名刺を二枚抜いて、飛と龍子に渡した。

「私、久藤《くどう》と申します。よろしくお願いします」

「ちょ、ちょうだいいたします！」

龍子は拝むようにして名刺を受けとったが、飛は無造作に手にとって読んでみた。

「内閣情報調査室……？　管理課、課長……久藤圭鬼《けいき》」

「ようは役人ですな。平たくいうとね。国家公務員、公僕ってやつです」

久藤は笑顔で両手を揉《も》み合わせた。

「国民のみなさんのために、日夜働かせていただいているわけです。ちょっとね、本当は別の者がお相手させていただく予定だったんですけども、予定が合いませんで。というか、その者がどうしてもと言うもんで、たまたま都合がついた不詳このワタクシが、代わりにこうして罷《まか》り越した次第でして」

「……あの、萌日花《もにか》とは、どういったご関係で？」

龍子《りゅうこ》がおずおずと尋ねると、久藤《くどう》は「うん！」と目を見開いた。

「そこですね。ええ。私は萌日花くんの、後見人の関係者というか、友人であり上司でもあり、おおよそそういった間柄でして。ようするに萌日花くんは、私の友人であり部下であるその後見人の仕事を手伝ってくれているわけです」

「まあ、上司の上司？」

萌日花は、このしょうもない人が、というような目で久藤を一瞥《いちべつ》した。

「私、親とかいなくて。保護者代わりの後見人っていうのがいるんだけど。その人に手を貸してるって感じ。仕事上は、その後見人が直接の上司って形になる」

「萌日花くんの上司の、そのまた上司です」

久藤が笑顔でぺこっと頭を下げてみせた。この男は基本、というよりずっと笑顔なのだが、目を細めたり、唇の端を上げたり、歯を見せたり、色々な感じで笑う。

「後見人の方《かた》は……？」

龍子はちらっと振り向いて運転席のほうに目をやった。萌日花は「来てない」と肩をすくめてみせた。

「隊長、めんどくさがるから。こういうの。あ、隊長ってのは、あだ名みたいな」

「萌日花らしいというか、個性的な人間関係ですね……？」

「というわけで、ハピエバね！」

久藤が、ぱんぱん、と手を打ち合わせた。

「こっちで分析したんだけども。弟切《おとぎり》くんと白玉《しらたま》さんにも、行きがかり上、お伝えしておいたほうがいいから。結論から言うと、あれね、SNSじゃあないんだわ」

「SNSっぽく見せてるだけ」

萌日花が久藤のあとを受けて解説してくれた。

飛《とび》には理解しづらい部分も多々あったが、SNSというのは、インターネットを利用して、趣味、興味を同じくする者同士や、友人たちと繋《つな》がり、コミュニケーションをとるツールだ。しかし、ハピエバには使用するユーザー、つまり浅宮《あさみや》なら浅宮しか接続していない。それどころか、そもそもネットワークに接続していない。

ハピエバは、SNSのように見える一人用のアプリでしかない。

浅宮がハピエバを起動して何らかのメッセージを投稿すると、他のユーザーがそれに対してコメントしたり、問いかけてきたりする。そう見えるだけだ。他のユーザーは全部、アプリに搭載された人工知能が動かしている。

「……な、何なんでしょう、それは？」

龍子《りゅうこ》は今にも目玉が回転しはじめそうだ。見るからに混乱している。飛《とび》も何か変な話だとは思う。

「ただのゲームみたいな？」

「そうかもしれないし、そうじゃないかもしれない」

萌日花《もにか》は腕組みをして量感のある髪の毛を揺すった。

「でも、浅宮《あさみや》が再発したのはこのアプリを使いだしてから。それは間違いない。自分でインストールした覚えはないし、バックドアっていうウイルスが仕込まれてて、ハピエバが入ってるスマホには外から侵入できる。侵入の痕跡は消去されるようになってるから、追いづらい。インストールした正確な日時も、特定できないように細工されてる」

「ンアァァァッ……！」

バクが叫んだ。龍子は頭を抱えている。

「……な、何かが、爆発してしまいそうです……」

飛も同感だ。頭痛がする。

「めちゃくちゃあやしい、やばぁーいアプリってことですな」

久藤《くどう》がにこにこしながら言った。この男の顔を見ていると、事態は深刻なのか、そうじゃないのか、よくわからなくなってくる。

「ネット上にそれらしきモノは出回ってないみたいだし、何者かがスマホに直接ぶっこんだ疑いもあるわけなんです。もし学校の中で行われてるとしたら、先生か、生徒かってことになるでしょう？　教員のほうはツテもなくはないんで、こっちでなんとかしようと思ってるところなんですが、問題は生徒でしてねぇ」

久藤は急に両手で顔を覆って前屈した。

「……困ったなぁ。困りました。中学校なんて中学生の園《その》じゃないですかぁ。当たり前ですけど。ワタクシはしがない公務員ですが、警察ではないんでねぇ。警察もなかなか、学校というのは手を出しづらかったりするんですけども。警察ですらないわけですからねぇ。ワタクシもう、困っちゃいまして……」

「手伝ってくれませんかってこと」

萌日花は軽蔑したような横目で久藤を見下している。

「そこは今までどおりっちゃあ、今までどおりなんだけど。遊びでやってるわけじゃないんだ、私。一応っていうか、仕事。給料だってもらってる」

「ふふふっ……」

久藤は前屈したまま顔だけ上げた。

「もちろん、あなたがたにも謝礼はお支払いしますよぉ。そのためには、我々と契約を交わしてもらわなきゃなりませんけど。公務員なんでね。適当にはできないんです」

「……え？」

飛《とび》は車窓に視線を向けた。この車の窓は、スモークウィンドウというのだろうか。中から見る外は暗いし、外からは内部があまり見えなかった。今、車はどこを走っているのだろう。のこのこ乗りこんでしまったが、よかったのか。内閣情報調査室。公務員。そもそも、久藤《くどう》が言っていることは本当なのだろうか。

「わたしたち、ひょっとして――」

龍子《りゅうこ》はチヌラーシャがぎゅうぎゅうになって入っているだろうポシェットをきつく抱いて、身を乗りだした。

「秘密の組織に、スカウトされていたりしますか……?」

+++ + ++++

調査への協力はともかく、契約だの何だのは保留ということにしておいた。謝礼とやらがいくらなのか知らないけれど、金は正直、飛にとって魅力的だ。萌日花《もにか》も親がいなくて後見人がついている身らしいので、契約を結ぶこと自体は飛もできなくはないだろう。ただ、施設の職員に説明するのが億劫《おっくう》だ。だいたい、久藤のような得体の知れない大人を信用していいのか。考えないといけないことがたくさんあるように思えてならない。

龍子も祖父母に話すとなるとかなりハードルが高いようだが、調査には依然として乗り気みたいだ。

　翌朝は天気が悪かった。飛が施設を出る頃には小雨が降りだして、校門前の八柄島《やがらしま》先生はカッパを着ていた。そのカッパが派手なチェック柄で、生徒たちに「ヤギー、めっちゃかっこいい」だの、「目に痛いって、ヤギー」だの、「校則違反じゃないですか、先生」だのといじられていた。

「これ、奥さんのなんだよ！　いいだろ！　奥さんとサイズが一緒なんだよ！」

　八柄島がそんなふうに言い返していた。

　靴箱のところで龍子が待ち構えていた。龍子と二人で教室へ向かうと、階段の手前で浅《あさ》宮《みや》と行きあった。おそらく浅宮も飛を待っていたのだろう。

「なんか、スマホないと調子くるうわ……」

「時刻や日付がわかりませんものね」

「意外とな。時間、ぱっと見られなくて困る」

「そうなんだ。僕は時計してるから」

　飛が左手首に嵌《は》めている腕時計を見せると、浅宮が、へえ、という顔をした。

「こういうのって、いくらするの？」

「わりと安いよ。リサイクルショップとかなら千円しない」

「マジで？　俺も買おうかな。見た目もけっこう渋くて、いいね」

そう言われると悪い気はしない。飛《とび》なりに吟味して買ったのだ。

龍子《りゅうこ》がしげしげと飛の腕時計を眺めている。そんなに見られると気恥ずかしいし、龍子が転んだりしないか、ちょっと心配だ。

「時計をしている人って、なんだか大人っぽいですよね」

「……そう？」

「ああ、わかる」

浅宮《あさみや》が同意すると、龍子は何か誇らかに「ですよね！」と胸を張った。

「憧れます。わたしも大人になったら腕時計をつけたいです」

「安いのだったら買えそうだし、白玉《しらたま》もつけられるんじゃない？」

「いえいえ。わたしにはまだ早いですから。その前にもっと大人にならないと、きっと似合いませんから」

「……僕、似合ってない？」

「飛にはとってもお似合いです」

「弟切《おとぎり》って、ちょっと大人びたとこあるよな」

「ありますね！」

「そうかな……」

「ヘンッ！　飛なんざ、まだまだハナタレまくりのガキだっつーの！」

バクが口を挟んできて、龍子はそっと笑った。

浅宮にはバクの声が聞こえない。半透明の人外は浅宮の首にしっかりと巻きついている。ああやって主《あるじ》の急所を守っているのかもしれない。

見えないとはいえ、浅宮は人外を再発させている。浅宮に人外のことを打ち明けてしまえば、色々と円滑に進められそうだ。でも、信じてもらえるだろうか。いくら飛や龍子が懇切丁寧に話したとしても、浅宮には自分自身の人外すら見えない。人外たちの声が聞こえるわけでもない。やはり難しそうな気がする。

萌日花《もにか》は自分の席で机に突っ伏していた。

「おはようございます、萌日花！」

龍子が声をかけると顔を上げたが、いつにも増して眠そうだ。

「……ぁー。おはよ。元気だね。雨なのに……」

「もしかして気圧が低いとだめなほう？」

浅宮が訊《き》くと、萌日花はまた机に突っ伏した。

「……まぁーねぇ。あと寝不足。そうも言ってらんないか」

すぐに再度、のっそりと顔を上げる。

「可能性高そうなところから進めるかぁ……」

「む、無理をなさらず」

気遣わしげに言った龍子《りゅうこ》に、萌日花《もにか》は片眉と口許《くちもと》を引きつらせてみせた。あれで笑いかけたつもりなのだろうか。

「若い頃の苦労は、買ってでもしろってね」

「わりと古風なこと吐《ぬ》かすんだな」

バクがからかうように言うと、萌日花は机に顎をのせて鼻を鳴らした。

「苦労の成果は、せいぜい高く売りつけなきゃ」

＋＋＋＋＋＋＋＋

冷たい雨は降ったりやんだりで、たまに晴れ間がのぞいた。飛《とび》は主食以外の給食を瞬時に平らげると、バターロールを手にバクを引っ担いで教室を出た。べつに教室で全部食べてしまってもいいのだが、習性として身についてしまっているのか、どうにも落ちつかない。雨のせいで外には出られないから、飛は靴箱の前にしゃがんでバターロールを食べた。

給食の時間が終わると、龍子と萌日花がやってきた。調査開始だ。

「ほぼ再発間違いなしの生徒はそれなりにいるけど、やっぱり一組の柊《ひいらぎ》伊都葉《いとは》」

萌日花の見立てによると、柊の人外蝶《ちょう》は危険性が高いとのことだし、優先して調査するべきだろう。

「でも、柊と普通に話せるのって、龍子だけだよね」

「わたしにお任せください。大船に乗った気持ちで！　とりあえず、ハピエバというアプリを知っているかどうか、訊《き》いてみるところから始めるつもりです」

「いいんじゃない？　龍子、頼りになるわぁ」

「わたしが、頼りに……本当ですか？」

「うん。ほんと、外部協力者になって欲しい。高校生のバイトよりは稼げるよ」

「な、なんと」

「守秘義務とかもあるけど、逆に私は隠し事しなくてよくなるし。どうでもいい赤の他人ならともかく、友だちとの間でそういうのがあると、地味にめんどいもんだね」

「友だちとの間——」

　龍子は何やらしきりとうなずいている。

「そうですね。真剣に、前向きに考えます」

「飛もね」

　萌日花がちらっと視線をよこした。飛はうんともすんとも言わなかった。考えてはいるのだが、何かもやもやする。

　久藤圭鬼《くどうけいき》。

　内閣情報調査室。

人外。

大半の人間には見えないモノ。ときに重大な事件を巻き起こすこともある。それを調査している組織があって、どうやら国が関係しているらしい。

奇妙というか、眉唾だ。久藤《くどう》は名刺をくれた。それでも嘘《うそ》くさい。

ただ、人外が誰かを傷つけて、殺してしまったとしても、大半の人間にとっては自殺か、せいぜい不審死だ。そんなことでいいのか。よくないから、久藤のような大人たちが動いているのかもしれない。萌日花《もにか》はまだ中学生なのに、その仕事を手伝っている。

飛《とび》も力を貸す。龍子《りゅうこ》も。

すでに実質的にはそうなっている。契約とやらを結んだら、形式も整って、報酬が支払われる。飛は今、施設で暮らしているが、いずれは退所しないといけない。金はたぶん、ないよりあったほうがいい。兄を捜すのにもきっと役に立つ。

やはり飛は、久藤の申し出を受《う》け容《い》れるべきなのかもしれない。

階段を上がって、二年生の教室が並ぶ二階の廊下を進もうとしたら、聞き覚えのある声が聞こえてきた。

「じゃーねぇ、イ、ト、ハ！　ルカちん、また遊びにきちゃうからぁ……！」

二年一組の教室の戸口に眼鏡《めがね》をかけた女子生徒が立っている。雫谷《しずくだに》ルカナだ。教室の中の誰かに向かって手を振っている。

イトハ、と雫谷は言った。

柊《ひいらぎ》伊都葉《いとは》のことか。

雫谷がくるっと身をひるがえし、飛たちのほうに向き直った。雫谷はひとりじゃない。

四本脚のつるっとした人外を連れている。

「おぉー！」

雫谷は笑った。というより、もともと笑顔だった。満面に笑みをたたえたまま、雫谷はスキップしはじめた。人外も四本の脚で飛び跳ねて雫谷に付き従う。

「白玉団子《しらたま》ぉ！　トビトビぃ！　モニモニもいるじゃーん！　はっはーっ！」

「……し、雫谷さん」

龍子は目を瞠《みは》って驚愕《きょうがく》している。というか、恐れおののいてすらいる。飛も正直、少し怖かった。たまに学校で人目を引くような悪ふざけをする生徒がいる。しかし、今の雫谷はそれとは違うような気がする。

「いぇーい！」

すれ違いざまに、雫谷は龍子にハイタッチを要求した。龍子が「は、はぅっ！」とそれに応じると、雫谷はそのままスキップの速度を落とさず行ってしまった。

「……何なんだ、アレ」

バクじゃなくてもそう思う。

「あの子は、再発じゃないんだよね？」

萌日花《もにか》が険しい顔をしている。龍子《りゅうこ》は首をひねった。

「あ、はい、雫谷《しずくだに》さんは一年生のときから」

「やっぱりマークしといたほうがいいか。けっこう大きいしな」

大きい。萌日花が何を指してそう言ったのか。飛《とび》は即座にぴんときた。雫谷の人外だ。むろん正確に測ったことはないが、ぱっと見には人間の上半身ほどもある。最初、目にしたときはぎょっとした。

「見えない人に、あのサイズって。そういうこと、あるの？」

「それはある」

萌日花は迷わず答えて歩きだした。

「千差万別。人間と同じ」

「厄介だよなァ」

バクが他人事《ひとごと》のように言った。その厄介なバックパックをしょっている飛の身にもなって欲しい。

雫谷にはびっくりしたし、気になるけれど、とりあえず柊伊都葉《ひいらぎいとは》だ。飛たちはさっき雫谷が中をのぞいていた戸から二年一組の教室を見回した。前のほうの席に柊伊都葉が座り、近くに女子生徒が二人立っている。彼女たちを含め、教室内にいる生徒は十人かそこらだ。空気が重苦しい。たとえば、誰かが口論していて、当事者以外は気まずそうにその様子を見守っている。そんな雰囲気だ。もしかして、雫谷か。雫谷が何かしでかした。それでこうなったのか。飛は息をのんだ。

突然、柊の長い髪の毛が巻き上げられた。髪なのか。違う。あれは髪の毛じゃない。黒い翅《はね》に帯状の青い模様がある。小さな蝶《ちょう》だ。本物の蝶じゃない。人外蝶。柊の頭髪に止まっていた人外蝶たちが、一斉に飛び立ったのだ。柊の人外蝶はもともと二羽だった。でも、確実に二羽よりは多い。四羽か。それ以上か。

「だから――！」

柊が叫んだ。

「私にやさしくしないで！　かまわないで！　私のことはもう放っておいてって、言ってるじゃない……！」

声が裏返って、破綻した。柊のそばにいた二人の女子生徒があとずさる。二人は柊の剣幕に驚いて圧倒されたのだろう。襲いかかってくる人外蝶は見えていない。見えていたら、二人とも逃げだしているはずだ。いったい何羽いるのか。増えた。一羽が二羽、二羽が四羽へと分裂しながら、人外蝶が二人に群がってゆく。

二人は「うー」と呻《うめ》いて倒れた。顔中に小さな人外蝶が貼りついている。肌が露出している首や手にも。飛や龍子、萌日花にはそれが見える。教室にいる生徒たちには見えない。

人外蝶《ちょう》が見えなくても、いきなり同級生が二人も卒倒したのだ。何か口走る生徒もいたし、席を立つ生徒もいた。倒れている二人に一人の男子生徒が駆け寄ろうとした。

柊《ひいらぎ》がその男子生徒を見た。底なしの穴のような目だった。

途端に数羽の人外蝶が女子生徒から離れ、その男子生徒めがけて飛んでゆく。蝶はひらひらしているし、そんなに速くなそうだ。でも、ほぼ瞬時だった。男子生徒は見る間に人外蝶に取りつかれた。小さな人外蝶が彼の頬や鼻の頭、顎に次々と止まった。

「んぁっ……」

男子生徒は腰砕けになって尻餅をついた。その拍子に机に頭をぶつけ、「――おっ」と白目を剥《む》いて床に倒れこんだ。

萌日花《もにか》が何か呟《つぶや》いた。はっきりとは聞きとれなかったけれど、たぶんボウソウがどうだとか。ボウソウ。暴走か。

「やべえぞ、飛《とび》……ッ！」

バクがわめいた。だけど、これ、どうすれば。

「柊さん！」

龍子《りゅうこ》が教室に突入しようとした。飛が呼び止める前に、柊が龍子を睨《にら》みつけた。柊の顔は輪郭が変わるほどひどくゆがんでいた。ぽっかりと空いた二つの深い穴は、龍子を見ているというより吸いこもうとしているかのようだった。

人外蝶が飛んでくる。初めは一羽だった。それが弾《はじ》けるように二羽に分かれた。二羽が四羽になった。さらに分裂しようとしている。八羽に。その倍に。萌日花が龍子の腕を掴《つか》んで引っぱった。

「いったん退避……！」

「間に合うかよッ！」

バクが暴れだす。そうだ。バクの言うとおり、間に合わない。だから飛は、バクのストラップを握り締めたりしなかった。バクを止めたりしない。その反対だ。

「行け……！」

「オッシャアァッ……！」

バクが飛の背中を抜けだして、教室の中へ、龍子と萌日花の前に躍り出た。今やバクは飛たちに背を向けて、二本の足で立っている。四本指の大きな手だってある。どういうわけか、手の甲には目玉がついている。腕も二本あるし、頭はなんだか筒みたいだ。バックパックと似た生地の、丈の長いマントのような服を着ている。

「はっ……」と龍子が息とも声ともつかない音を発して、萌日花は「変身……」と小声で言った。

「アアァァァ────ン……！」

バクは筒のようだった頭を膨れ上がらせ、大口を、それはもう大きく口を開けて、飛んできた十六羽かそこらの人外蝶《ちょう》を、ガブガブッと食べてしまった。

「ンンンー……！」

そして、大きな手で自分の腹部をパーンッと叩《たた》いた。

「こんなんじゃ、腹の足しにもならねえ！」

「……た、食べちゃった」

萌日花《もにか》は引っぱっていこうとしていたはずの龍子《りゅうこ》にしがみついている。龍子はしきりと口を動かして、何か言いたいのかもしれないが、声になっていない。

「──っ、っ、っ……！」

柊《ひいらぎ》の息遣いが極端に荒くなった。両手で耳をふさぎ、体を折る。柊には自分の人外が見えていない。でも、何かを感じているのか。

あの蝶も人外だから、きっと主《あるじ》である柊を守ろうとしている。柊をおびやかそうとするものを、飛《と》びには事情がわからないけれど、彼女の友人や同級生たちを、排除しようとしたのに違いない。その人外蝶が食べられた。さらなる脅威が現れたのだ。

「っ、っ、っ、っ……！」

倒れている二人の女子生徒や、頭を打った男子生徒にたかっていた人外蝶たちが、爆発的にばあっと舞い上がり、広がって、あたりを飛び交いだした。無事だった生徒たちが何事かとうろたえる。騒ぎだす。相次いで人外蝶に襲われる。次々と倒れてゆく。

人外蝶《ちょう》は蜜ではなく、生徒の精気のようなものでも吸っているのだろうか。増える。まだ増える。分裂を繰り返し、人外蝶が増殖してゆく。それだけじゃない。柊《ひいらぎ》の黒い髪の毛の合間から、もぞもぞと毛虫のようなものが続々と這《は》いだしてきて、みるみるうちに形を変え、脱皮して、蝶になる。人外蝶は今、全部で何羽いるのか。数えきれない。

「こうなったら食い尽くすぜ！　いいよな、飛《とび》……!?」

バクが食べるための口しかない筒状の頭を振り向かせてがなった。飛はバクの襟首を掴《つか》んで無理やり教室の外に引っぱり出し、とっさに戸を閉めた。

「や、だめだろ、食べ尽くすのは……！」

「アァ!?　なんで！」

「——う、後ろの戸がっ！」

龍子《りゅうこ》が声を上ずらせて言った。たしかに、前の戸は飛が閉めた。でも、後ろの戸が開いている。

「弟切《おとぎり》くん!?　白玉《しらたま》さん……!?」

男の声がした。見ると、階段のほうから作業着姿の用務員が駆けてくる。灰崎《はいざき》だ。左肩にイタチがのっている。イタチに似ているけれど、イタチじゃない。あれは灰崎の人外だ。オルバーだったか。萌日花《もにか》が駆けだした。

「おじさんは引っこんでて……！」

後ろの戸を閉めに行くつもりか。置いていかれた龍子が「萌日花！」と叫んだ。開いている後ろの戸から、人外蝶たちがわっと飛びだしてきた。

「オルバー……！」

灰崎が突進してくる。イタチのようなオルバーがいない。どこへ行ったのか。右脚だ。灰崎の右脚が、革なのか毛皮なのか、いずれにせよ布製の作業着とは違う、別のもので覆われている。あれがオルバーだ。オルバーはあそこにいる。

灰崎は小型のジェット機みたいな速度で飛たちの脇を通りすぎていって、萌日花を抱きすくめた。

「——んっ……！」

「弟切飛……！」

灰崎はそう叫ぶなり、萌日花を抱えたままオルバーの右脚で床を蹴った。後ろ向きに跳ぶ。背面跳びで走り高跳びの世界記録を出すような選手でも、あんなふうには跳べない。とんでもない跳躍力だ。

「ウォラァッ……！」

バクが灰崎と入れ替わる形で突撃し、萌日花を襲おうとしていた人外蝶の群れに食らいつく。食べきれない人外蝶は大きな手でつかまえる。その間に飛は後ろの戸を閉めた。戸の向こうから、何か振動ではないけれども、振動のようなものを感じる。人外蝶か。戸に体当たりしているのだろうか。見れば、龍子《りゅうこ》が前の戸を震えながら押さえている。

「で、でも、中に人が……！　柊《ひいらぎ》さんも、このまま放っておくわけには……！」

「どうなってる……!?」

灰崎《はいざき》は片膝をつく姿勢で、まだ萌日花《もにか》を抱いている。その萌日花に訊《き》いたらしい。

「一人、再発して暴走してる！　被害者も！　下ろして……！」

萌日花がもがいた。灰崎は萌日花を放して立たせた。切れ長の目が見開かれている。

「わかった、きみは上に報告して、避難指示を！　ガス漏れとかなんとか、理由は適当につけろ！　ここはおれが！」

「なんでおじさんに！」

「本日付けで、教員の調査を請け負うことになった！　詳細は課長に聞け！」

「……カワウソ復活ってわけ!?」

「外部協力者だけどな。足を引っぱらないようにがんばるよ。さあ、行け！」

二人は何の話をしているのか。飛《とび》にはさっぱりわからない。でも、萌日花はここから離れるようだ。灰崎は残る。それで？　飛は、龍子は、どうすればいいのか。

「大丈夫だ！　いいか――」

灰崎は後ろの戸を押さえている飛に駆けよってきた。

「おれが再発者を中から連れだす。体育館にはまだ生徒がいるから、そうだな、多目的室まで運ぶ。人外が攻撃してきたら、きみの人外に食べさせろ。全部食べなければ、最悪の状態にはならない。再発者と人外を外に出してしまえば、中の生徒は安全に救助できる。いいな？　わかったか？」

飛はうなずいた。「任せろ！」とバクが息巻いている。食べたくて食べたくてしょうがないのだ。ついでに人助けになるのだから、誰にも文句は言わせない。

「わ、わたしは……!?」

龍子の声は悲鳴に近かった。昼休み中なので、廊下には他の生徒たちもいる。かなり騒然としているけれど、かまっていられない。

「合図をしたら、そこから離れろ！　逃げていい！」

灰崎は「三！」と右手の人差し指と中指、薬指を立ててみせた。

「二、一――」

薬指、中指の順で折って、「やるぞ！」と人差し指を折るなり、飛を押しのけて後ろの戸を開けた。教室の中に突っこんでゆく。

「下がってろ、飛！」

バクが怒鳴った。飛は言われたとおりにした。龍子は階段のほうへ走っている。後ろの戸から、それに、前の戸が勝手に開いてそこからも、人外蝶《ちょう》が溢れだす。一羽一羽はおそらく親指の先くらいしかないほど小さい。でも、数がすごい。

「──ゥオオッ……!?」

バクも一瞬、怯《ひる》んだ。一瞬だ。すぐに筒状の頭を膨らませて口を開け、人外蝶《ちょう》を食べはじめる。人外蝶を直接、躍り食いしながら、両手を振り回してひっつかまえた人外蝶も、どんどん口に運ぶ。すべてとはいかない。何しろ数が多くて、人外蝶は飛び回るから、どうしても取り逃がしてしまう。

灰崎《はいざき》が前の戸から飛びだしてきた。柊《ひいらぎ》をがっちりと横抱きにしている。灰崎はオルバーの右脚で、床じゃなく壁を蹴った。一蹴りで何メートルも進んで、今度は床を蹴る。灰崎は階段のほうへ向かう。黒い人外蝶の群れが灰崎を追いかけてゆく。真っ黒じゃない。鮮やかな青い帯模様がきらめいている。まるで星空みたいだ。美しくも恐ろしい星空が廊下を流れて、灰崎をのみこもうとしている。

「バク……!」

飛《とび》も灰崎のあとを追った。背後で「弟切《おとぎり》……!?」と浅宮《あさみや》のものらしき声がした。振り向いてはいられない。多目的室は階段を下りた一階にある。灰崎はそこを目指している。飛が行ってどうするのか。何ができるのか。飛はいったい何がしたいのか。

灰崎は階段を下りようとしている。飛はおかしなものを見た。はっきりと見えたわけじゃない。灰崎はオルバーの右脚で床を蹴って、一気に踊り場まで飛び降りようとしたのだろう。そのオルバーの右脚じゃない。灰崎の左脚に、何かが組みついた。そんなふうに見えた。何か。人間じゃない。もちろんそれは人間ではなかった。人間ほど大きくはない。たぶん人間の半分くらいだ。

「――あっ……」

おかげで灰崎はバランスを崩し、踊り場までひとっ飛びすることも、階段を駆け下りることもできなかった。転げ落ちた。

灰崎は柊を抱いていた。飛は階段の下り口へと急いだ。大丈夫なのか。灰崎は。柊は。

「は、灰崎さん……！」

龍子《りゅうこ》は下り階段じゃなくて、三階へと上がる階段を二、三段上がったところにいた。そこから身を乗りだし、下り階段の踊り場を見下ろしている。上り階段には龍子だけじゃなくて、他にも誰かいた。眼鏡《めがね》をかけた女子生徒が、上り階段の踊り場に腰かけている。雫《しずく》谷《だに》だ。なんで雫谷が。いや、それよりも今は灰崎と柊だ。

灰崎は下り階段の踊り場に倒れていた。転げ落ちた際に庇《かば》おうとしたのか、柊をしっかりと抱えこんでいる。

「っ……」

飛は思わず身を屈《かが》めた。人外蝶だ。頭上を人外蝶たちが飛んでゆく。無数の人外蝶が灰崎に群がっている。

「うぁっ……くっ……」

灰崎《はいざき》は気を失っているわけじゃない。どこか怪我《けが》をしたのか。それとも、人外蝶《ちょう》のせいか。起き上がることはできないようで、オルバーの右脚が寄せくる人外蝶を追い払おうとしているが、焼け石に水だ。それに、もう相当数の人外蝶が灰崎に取りついている。二年一組の生徒たちのように、灰崎も人外蝶に精気か何かを吸われているのだ。

「飛《とび》ィ……！」

バクが飛に止まろうとしていた人外蝶に食らいつく。生徒たちがあちこちから寄り集まってこようとしている。校内放送のチャイム音が鳴り響いた。

『ええ、緊急放送、生徒はただちに避難して、えー、校外、外に、急いで！』

萌日花《もにか》だ。萌日花の声じゃないか。

階段の近くにあるトイレの前で「――はぁ？」と天井を見上げた女子生徒の額に、人外蝶が二羽、三羽と止まった。女生徒がくずおれて、「え、ちょっと!?」と助け起こそうとした別の女子生徒も人外蝶の餌食になった。

『――学校の中で、ガス発生の恐れがあります！　これは訓練じゃないので、生徒は全員、外に出てください、早く！』

途端に灰崎が倒れている下り階段にも数人の生徒が駆けこもうとした。飛は龍子《りゅうこ》と目配せしあって、生徒たちの前に立ちふさがった。

「だ、だめです、ここは！」「危ないから！　別の階段で……！」

「ムアァァァァ……ッ！」

バクは飛と龍子に寄ってくる人外蝶を手当たり次第、口当たり次第に食べまくっている。

ふと飛は思った。人外が見えない人には、どう見えてるんだ、これ。

「きりがねえぞ、小っせえし……！」

「がんばれー」

誰だ。こんなときに。何のつもりなのか。飛は心底腹が立った。もう何がなんだかよくわからないけれど、これでも精一杯やっている。

「がんばーっ。負けるなーっ。ふふふふふふっ……」

笑われる覚えはない。飛は振り返って、上がり階段の踊り場に目をやった。声はそっちから聞こえた。それが誰なのかはわかっていた。龍子も振り向いた。

「……雫谷《しずくだに》――さん？」

「おつかれぇ、白玉《しらたま》団子。トビトビぃ」

雫谷がそこに座っていることは知っていた。さっき、ちらっと見たからだ。どうしてそんなところに。だいたい、あのスキップは何だったのか。雫谷はきっと柊《ひいらぎ》に何かした。何をしたのか。雫谷はひとりじゃない。人外。つるっとした四本脚の人外が、階段の手すりを伝って雫谷の肩に跳び乗った。今まであの人外はどこにいたのか。

灰崎が階段を転げ落ちたとき、飛は何かを目にした。刹那の出来事だったが、たしかに人間の半分程度の大きさのものが灰崎《はいざき》の左脚に組みついた。

灰崎はへまをしでかしたわけじゃない。

何ものかが、ちょうど雫谷《しずくだに》の人外と似た大きさのものが、灰崎を妨害した。

雫谷の人外は主《あるじ》の背中に隠れた。もっとも、隠れきれてはいない。四本の腕のような脚が主の体からはみ出している。さらに、人外は主の右肩の上から顔を出した。赤ん坊のようでも、皺《しわ》のない老人のようでもある。当然、赤ん坊でも老人でもない。実際のところ、似ても似つかない。あの人外には目が四つもある。

「サイファ」

雫谷はそう言って顔全体をとろけさせた。右手を持ち上げて、人外の頭を撫《な》でる。この子のことがいとおしくてたまらない、というように。

「ご苦労さま。あたしのサイファ」

「……見えて――」

龍子《りゅうこ》が呆然と呟《つぶや》いた。

「あいつだ」

飛《とび》は言った。あの人外だ。サイファ。それが名なのか。雫谷の人外、サイファ。やつが灰崎の左脚にとりすがって転ばせた。そして、雫谷は人外が見えている。あの様子からすると、今に始まったことじゃない。ずっと見えていた。

雫谷は見えないふりをしていたのだ。

どうして。

なぜ、そんなことを。

「何を……」

龍子は首を振った。かたかたと音がしそうな振り方だった。

「──な、何を……してるん……ですか、雫谷さん、そこで、何を……」

「あんたたちこそ、何してくれちゃってんのぉ？　せぇーっかくおもしろくなってきたところなんだからさぁ。邪魔すんじゃねぇよ、ぼけぇ」

雫谷は悪態をつきながらも、依然としてにこやかだった。なんで笑っていられるのか。おもしろくなってきた？　邪魔をするな？　邪魔をしたのは雫谷の人外だ。サイファ。あの人外が勝手にやったことなのか。そうじゃない。

違うだろう。

雫谷が立ち上がって一段、二段と階段を降り、下り階段のほうに目を落とした。灰崎は倒れている。おそらくそこに倒れているのだろう。灰崎の姿は確認できない。途方もない数の人外蝶《ちょう》が灰崎を覆い尽くしている。灰崎の右脚と一体化していたオルバーはどうしたのか。どうなったのか。わからない。

いつの間にか、人外蝶が飛んでいない。ただの一羽も飛んでいない。

すべての人外蝶《ちょう》が灰崎《はいざき》にたかっているのか。翅《はね》を寄せ合ってひしめく人外蝶と人外蝶の境目がわからない。境目があるのか。灰崎は柊《ひいらぎ》を抱きかかえていた。数知れない人外蝶たちの集合体のようなあの中には、灰崎だけじゃなくて柊もいるはずだ。

ふと人外蝶たちの集合体が盛り上がった。おびただしい数の人外蝶たちをまとったまま、それは立ち上がった。

彼女だった。柊伊都葉《いとは》だ。柊は人外蝶たちの隙間から穴のような目をのぞかせ、振り仰いだ。そこには完全に場違いな笑顔があった。

「元気ぃー？　イ、ト、ハ。ルカちんだよぉ？」

「……ルカナ」

「きれいだねぇ、イトハ。鳥肌立っちゃうほど、きれい。好きだったもんねぇ、ルリタテハ。あぁ。見えないか、イトハには。ざぁーんねん」

「……何……言ってるの……」

「いいざまだって、言ってんだよ」

雫谷《しずくだに》の顔や声から一瞬、あらゆる感情が抜け落ちた。でも、すぐに表情筋が崩壊したように、笑っているのか怒っているのか、はたまた悲しんでいるのか、そのどれでもあるようでどれでもない、おぞましいとしか言いようのない面貌《めんぼう》が剥《む》き出しになった。

「あたしたち、親友だったじゃなぁい？　あんたには幸せになって欲しいなぁ。嘘《うそ》ばっかりついてないで、本当のあんたを見せちゃお？　ねぇ？　イトハぁ？」

　柊は人外蝶まみれの両手で左右の耳をふさいだ。

「あぁっ――」

「イトハぁ、【自分を探そう】よぉ！　【自分を見つけだそう】よっ！」

「あぁぁっ！　あぁぁあぁぁっ！」

「【できる、できる】！　【無理じゃないって】ぇ！　【解き放てばいいんだよ】ぉっ！」

「やめてルカナ、もうやめて……！」

　柊の体中にまとわりついていた人外蝶たちがざわざわと揺れながら飛び立った。分裂して増殖した人外蝶たちが再結合して大きな人外蝶と化してゆく。広げた翅の幅はゆうに一メートル以上あるだろう。ほとんど階段の幅いっぱいだ。大きい。巨蝶だ。翅の表側は黒くて青い模様が美しい。でも、その裏側は枯れ葉のようだ。

　人外巨蝶が飛んでくる。思わず飛《とび》は龍子《りゅうこ》を引き寄せてしゃがんだ。バクもさすがにあれだけ大きいと怯《ひる》んでしまったようだ。人外巨蝶は飛たちの頭上を行きすぎて方向転換し、上がり階段の踊り場近くにいる雫谷へと向かってゆく。

「そうやってぇ！　まぁーたあたしを傷つけようとするんだぁ……！」

　ダムが決壊したみたいに雫谷の両目から涙が噴きだした。泣いている。あんなにも泣きながら、雫谷はまだ笑っている。

「イトハぁ、それがあんたの本性！　ほんっと、最っ低ぇ……！」

笑っているのは雫谷《しずくだに》だけじゃない。サイファ。あの四本脚人外も口を開けていた。でも、あれは笑っているのか。顎の関節が普通の構造なら、間違いなく外れている。さながら鰐《わに》だ。それどころか、自分の体より大きなものを丸のみしようとしている蛇みたいだ。

サイファが雫谷の背中から躍り上がった。人外巨蝶《ちょう》に飛びついて、片方の翅《はね》にかぶりつく。サイファはそのまま人外巨蝶もろとも階段に落下した。食べる。人外巨蝶をむしゃむしゃと食べている。

「ううっ……」

柊《ひいらぎ》がよろめいて、ルカナが泣き叫ぶ。

「そっかぁ、わかったぁ、そうだったんだぁ！　あたし、ずぅーっと！　イトハ！　あんたを食べちゃいたかった！　あんたはあたしのものになるの！　あんたなんか、あたしに食べられて！　あたしの一部になっちゃえばいい……！」

＃3-3_otogiri_tobi/ 会いたくて会えなかった

——弟切飛《おとぎりとび》は兄と二人で暮らしていたアパートを覚えている。外壁の色は白っぽくて、外階段、外廊下の二階建てだった。飛と兄は二階の角部屋に住んでいた。窓の外に黒塗りの柵があった。兄はよく窓を開けてその柵に肘をつき、煙草《たばこ》を吸っていた。兄が部屋を空けることもあった。飛はその間、一人だった。兄が帰ってくると嬉《うれ》しくてたまらなかった。

たまに誰かが訪ねてくることもあった。その男は鍔《つば》のない帽子を被《かぶ》っていて、背の高い兄よりも大柄だった。手が分厚くて、怖いほど大きくて、長靴を履いていた。その男は部屋の中までは入ってこなかった。玄関までだった。男は手ぶらじゃなかった。何か持っていた。肩に掛けていた。バッグのようなものを。

たしか、バックパックのようなものを。

おそらく飛は、あの男の声を聞いたことがない。誰、と兄に訊《き》いたことはある。兄は人差し指を立てて唇に当ててみせた。

「しぃーっ」

兄とは色々な話をした。兄は弟に色々な話をしてくれた。

「もし——飛《とび》、おまえに、どうしても本当に叶《かな》えたい願いがあるなら、ね」

それは、誰にも言ってはいけないよ、と兄は言った。

「秘密にしておくんだ。一種の願掛けみたいなものかな。こっそりと、人目にふれないようにして、自分一人でその願いを育てるんだ」

「お兄ちゃんにも言っちゃいけない？」

「ああ。僕にも言っちゃいけない」

「お兄ちゃんも、何か秘密にしてることがあるの？」

「そう思うかい？」

＋＋＋＋　＋　＋＋＋＋

上がり階段の途中で、雫谷《しずくだに》ルカナの四本脚人外サイファが柊《ひいらぎ》伊都葉《いとは》の人外巨蝶《ちょう》を組み敷いて、食べている。貪《むさぼ》り食っている。食べ尽くそうとしている。校内放送で、萌日花《もにか》じゃない、誰か男性の教員が、避難してください、大至急、校外へ避難してください、と繰り返している。灰崎《はいざき》は下り階段の踊り場に倒れている。そのすぐそばに柊が立っている。膝を、腰を曲げて、崩れ落ちそうになりながら、なんとか立っている。

いつの間にか、龍子《りゅうこ》が飛の左脚に寄りかかるようにして座りこんでいた。龍子は下を向いている。もう何も見たくないし、何も聞きたくない、というように。飛もそうしたい衝動に駆られる。

「馬鹿野郎ッ……！」

隣にいるバクに怒鳴りつけられても、どうすればいいのか、飛にはわからない。

「弟切《おとぎり》……！」

呼びかけられて、声がしたほうを見ると、浅宮《あさみや》が三組のほうから走ってくる。だめじゃないか。避難しないと。こんなところにいちゃだめだ。来ちゃいけない。思うだけで、飛は何も言えない。黙っている。

「あんたのせいなんだよぉ、イトハぁ！」

雫谷が泣きわめいている。

「あんたの、あんたのせいだ、何もかも、あんたの！　あたしを一人にしたから！　親友だと思ってたのに！　でも、いいの、もういいの、イトハ、もっと大切なものがあたしにはあるの、すばらしい人と出会ったの、天使みたいな、神様みたいな人に！　そうだよ、神様だよ、あたしにとっては神様以上だよ、あたしはあの人の役に立って、あの人の願いを叶えるための力になって、あの人のためなら何でもして、あの人に褒めてもらって、あの人に愛してもらうの！　イトハのことなんか、どうだっていい……！」

「許して」

柊《ひいらぎ》だ。柊の声だ。でも、柊じゃない。柊はへたりこむ寸前のぎりぎりのところで耐えている。しゃべってなんかいない。それに、柊じゃなくて、声はもっと近くから、龍子《りゅうこ》のほうから聞こえた。もちろん龍子じゃない。声が違った。

龍子が抱きしめているポシェットからチヌラーシャが顔を出していた。チヌも口を開けていた。飛《とび》のバクや雫谷《しずくだに》のサイファのように大口を開けているわけじゃない。チヌの口はそんなに大きくない。チヌはいくらか成長したように見える。そうはいっても、口のサイズは数センチだ。

「許して。ルカナ、お願い。私を許して」

「えっ……」

龍子はうつむいていた。顔を上げ、チヌに目を向けて、「ひっ――」と息をのむ。飛も肝を潰していた。

口の中は普通、歯や舌以外、おおよそ空洞だ。チヌはそうじゃない。もとからなのか。わからないが、とにかくそこには異物がある。その異物がチヌの中からせり出してきて、口からこぼれそうになっている。そんなふうにも見える。

異物、としか言えない。

数センチだ。大きくはない。でも、凹凸があって、細かく動いている。

なんだか、人間の顔面みたいだ。

小さな、小さな人間がチヌの中にいて、口から出てこようとしている。それが声を発している。

「許して。お願い、ルカナ。私を許して」と。

柊だ。チヌが柊伊都葉《いとは》の声を。チヌの中に柊が。とても小さな柊が。

「——っっっっ……！」

声というよりも何らかの音を喉の奥から絞りだしたのは、小さな柊じゃない、本物のほうだった。柊も雫谷と同じく泣いていた。ただし、彼女の穴のような両目から流れ出ているのは涙じゃない。数十、それ以上の毛虫のようなものだった。それらは彼女の頬を伝ううちに蛹《さなぎ》となり、羽化して、飛び立った。

「まだ……!?」

雫谷が眼鏡《めがね》を押さえて叫んだ。まだ、何なのか。まだ出てくる、ということか。

人外が、柊から。

柊がどんどん人外を生んでいる。

そのときだった。

「落ち、ついて……！」

灰崎《はいざき》が手をのばして柊の足首を掴《つか》んだ。柊は灰崎を見下ろした。途端に柊の涙が、毛虫のようなものが、止まった。出てこなくなった。

「きみには、味方、がっ……」

柊《ひいらぎ》が首を横に振った。彼女の目からふたたび毛虫のようなものが溢れてくる。羽化した人外蝶《ちょう》は小さいままだったり、二羽か三羽、それ以上がくっついて大きくなったりする。柊の髪に止まる人外蝶もいれば、柊の周りを飛び交う人外蝶もいる。何羽か、何十羽かの人外蝶は灰崎《はいざき》に襲いかかる。

「──ぁあぁっ……」

一部の、といっても少なくはない人外蝶が、こっちにも飛んでくる。

「弟切《おとぎり》!?」

飛《とび》の背中に誰かの手がふれた。浅宮《あさみや》だ。いけない。ここは。飛は振り向いて浅宮に言おうとした。来ちゃいけないのに。なぜ来たのか。飛が止めなかったからだ。来てしまう前に、止められた。その機会はあったのに。

「オッ……!」

バクが飛来した人外蝶に食らいついて、右手で何羽か鷲掴《わしづか》みにした。左手でつかまえようとした比較的大きな人外蝶が、曲芸飛行のような飛び方をしてすり抜けた。

浅宮の首から半透明の人外がしゅっと離れて、人外蝶に絡みつく。その瞬間を飛は目撃した。浅宮の人外は主《あるじ》を守ろうとしたのだ。細い紐《ひも》のような、蛇のような半透明人外は、人外蝶ともつれあいながら、床に落ちた。

そこに別の人外蝶たちが群がった。小さな人外蝶が何羽も、またたく間に集まってきて、ただでさえ視認しづらい半透明人外が完全に見えなくなった。

「ぁ……――」

浅宮の目がうつろになり、瞼《まぶた》が閉じかけた。倒れる。倒れてしまう。飛はとっさに浅宮を支えた。浅宮はすごく重かった。全身が弛緩《しかん》している。体のどこにも力を入れていない。だからこんなにも重たい。

「クッ……！」

バクが人外蝶たちを踏んづけようとした。浅宮の半透明人外を覆い隠して、ひょっとしたら食べているのかもしれない、人外蝶たちを。

「やめろ」

飛が掠《かす》れた声で命じなくても、バクはきっとやめていた。ひょっとしたら、それは浅宮にとって致命的な行為かもしれない。バクならその程度のことはわかるはずだ。

浅宮の人外が、まだ人外蝶たちに食い尽くされていなければ。

まだ手遅れじゃないとしたら。

「こんな――」

龍子《りゅうこ》がポシェットをきつく、チヌごときつく抱きすくめて、絶叫した。

「だめですよ、こんな……！　柊さん、わたしの声を聞いて……！」

急に柊《ひいらぎ》が上を向いて、「しっ……」と発音した。穴みたいな両目に涙がにじんでいる。毛虫のようなものが出てこなくなった。チヌの口からこぼれそうな人面めいた異物が、小さな、小さな柊が、「し、ら、白玉《しらたま》さん？　白玉さん、白玉——」と繰り返す。

「白玉さん？　白玉さんの声？　ああ許して、助けて、私を許して、お願いどうか私を許しますから！　誰も責めませんから！　わたしは責めないですから！　柊さんを助けたいです、わたし、どうしたらいいですか、お友だちじゃないですか、柊さん！」

「私、ああ、私、私、ああぁ、どう、どうしたら、あぁっ、どうすれば、助けて——」

もう小さな、小さな柊だけじゃない。柊も、柊の本体というか、柊本人も声を発している。柊と龍子《りゅうこ》が互いに声をぶつけあっている。何が起こっているのか。これはチヌの力なのか。チヌは聞こえないはずの声を代弁するだけじゃなかったのか。

そこらを飛んでいた人外蝶《ちょう》がばたばたと落下する。枯れ落ちた葉のように。人外蝶たちが枯れ葉みたいな色すら失ってゆく。色というよりも存在感が薄らいでいる。

「余計なことを……！」

雫谷《しずくだに》が地団駄を踏んだ。一回じゃない。雫谷は二回、三回と連続で、力任せに階段を蹴りつけた。

「何してくれてんだよ、くそどもがぁ！　なんであたしの邪魔をする！　目障《ざわ》りなんだよ、頭悪いくせに、消えろ、いなくなれよ全員、くたばっちまえ、ばぁーかっ……！」

「おまえだよ」

飛《とび》は浅宮《あさみや》を抱きかかえていた。生きてはいる。息はある。でも、ぐったりしている。誰のせいで、こんな。人外蝶？　ということは、柊伊都葉《いとは》？　この事態を防げたかもしれない、飛自身？　そうだとしても、柊や飛にも責任はあるにせよ、一番は――

「おまえだ」

飛はそっと、できるだけ静かに、浅宮を床に横たえた。その間も片時も雫谷ルカナから目をそらさなかった。雫谷と、その人外から。

雫谷の人外、あの四本脚のサイファは、とうに人外巨蝶を食い終えていたようだ。サイファは雫谷の前に、階段の二段下にいる。さっきよりも大きい。たぶん、飛と同じくらいはある。大きさだけじゃない。サイファは様変わりしていた。四本の腕のような脚は筋張り、表皮が黒ずんで、うっすらと白っぽい帯模様が浮かんでいる。目が四つあるマネキンみたいだった頭部は、今や四つ目の人食い鮫《ざめ》のようだ。

サイファは主《あるじ》の前で飛を威嚇しているのかもしれない。サイファも人外だから、きっと主である雫谷を守ろうとしているのだ。

「バク」

やれるものならやってみればいい。主を守れるというのなら、守ってみせろ。せいぜい、あがけ。抵抗しろ。でも、無駄だ。

腹が減っている。バクは、そして飛《とび》も、餓えている。全身の細胞が干からびかけているかのようなこの飢餓感を、放ってはおけない。とても我慢なんかできない。我慢する必要もない。どうすればいいのか。わかりきったことだ。

「あいつを食え」

「おうよ……！」

バクが進み出ると、雫谷《しずくだに》は体をこっちに向けたまま階段を一段、上がった。あとずさりした。雫谷は顔を引きつらせていた。体中の筋肉が縮こまっている。心臓が痙攣《けいれん》するみたいに激しく伸縮している。どうしてか飛は雫谷の脈拍を感じた。まるでこの手で雫谷の心臓を握り締めているかのようだ。握り潰すことだって、その気になればできそうだ。

「っ……――」

雫谷は回れ右した。階段を駆け上がってゆく。サイファも雫谷に続いた。逃げる。逃げるのか。逃げるのかよ。逃がすものか。先にバクが追いかけはじめた。

「龍子《りゅうこ》！」

飛も叫びながら二段飛ばしで階段を上がっていった。

「浅宮《あさみや》たちを……！」

「はい！」

龍子とチヌが柊《ひいらぎ》を押しとどめてくれた。さもなければ、柊はもっと人外蝶《ちょう》を生みつづけて、被害が増え、広がっていただろう。雫谷のせいだ。何をどうしたのか。飛にはわからないが、きっと雫谷が仕組んだ。雫谷とあの人外が。あんなやつらは食べてしまえ。ちょうど腹がすいている。サイファという人外はおぞましい。不気味だ。怖くはない。ちっとも怖くない。あんな人外くらい、バクなら簡単に平らげられる。飛にはわかる。確信がある。相手もわかっている。バクには勝てないことを。バクは獅子《しし》で、サイファは野兎《のうさぎ》だ。格が違う。獅子に追われれば、哀れな野兎には逃げることしかできない。

飛とバクは三階まで上がった。雫谷が思ったより速くて、まだ追いつかない。それもそのはずだ。雫谷は自分の足で走っていなかった。サイファだ。雫谷がサイファにしがみついている。四本の脚で駆けているのはサイファだ。

「逃げ足だけは速えじゃねえか……！」

バクと違って、飛は無駄口をたたかなかった。口よりも足を動かした。

追いついてはいないが、離されてもいない。雫谷はちらちらと振り返る。飛とバクをしきりと気にしている。恐れているのだ。いつ食べられてしまうんじゃないかと。

雫谷を乗せたサイファは、無人の廊下を疾駆して、教室棟から特別教室棟へと向かう。飛はバクについてゆけばいい。もうすぐだ。そんなにはかからない。いいかげん食べたい。もう食べたじゃないか。人外蝶を。足りなかった。もっとだ。もっと食べないと、満足できない。とにかく腹が減って仕方ないし、あいつだけは食べないと。

雫谷《しずくだに》を乗せたサイファが向かう先に、誰かが立っている。誰だ。なんで避難していないのか。雫谷が甲高い声を張り上げる。

「清掃員……！」

「なっ――」

バクの速度がいきなり落ちた。飛《とび》もつんのめりそうになった。誰なんだ。あの男は何者なのか。どうして、今、ここに。

男は大柄で、鍔《つば》のない帽子を被《かぶ》っている。フライトジャケットのようなブルゾンを着ていて、長靴を履き、手が大きい。目は模造品のようで、マスクをつけている。歯が剥《む》き出しになっている口みたいな絵が描かれた、奇妙なマスクを。

マスクの男はゆっくりと踵《きびす》を返した。歩いてゆく。どこへ行くのか。階段か。特別教室棟の階段を、下りない。上がってゆく。ここは三階だ。たしかに特別教室棟の三階から屋上に上がることはできる。階段はある。ただ、屋上は本来、立入禁止だ。屋上へのドアは施錠されている。

雫谷を乗せたサイファはマスクの男についてゆく。バクと飛も向かうしかなかった。他にどうしろというのか。

屋上へのドアはノブがなかった。鍵は掛かっていたのだ。何者かが力ずくでノブを回して引っこ抜いたらしい。ノブは階段の途中に転がっていた。

飛とバクは屋上に出た。外は明るかった。コンクリート床は濡《ぬ》れている。でも、雨は降っていない。空の大部分にはまだ雲が垂れこめているが、あちこちに切れ間があった。そこから細い光の柱が地上めがけて斜めに突き立てられている。

「あ、あいつは……」

バクが呻《うめ》いて頭を抱えた。膝をつき、うずくまって縮こまる。

「あいつは……あの、マスク野郎は……」

マスクの男は屋上の縁の低い立ち上がり壁に腰を下ろしていた。体が大きいから、あれだと床に直接座るのとさして変わらない。少し窮屈そうだ。

雫谷はもうサイファにすがりついていなかった。サイファと並んで、こちらに背を向けている。

もう一人、いた。

屋上にはマスクの男と雫谷、サイファだけじゃなくて、あともう一人いたのだ。

彼は雲を引き裂く何本もの光の柱を眺めているのだろうか。マスクの男のように、パラペットと呼ばれる立ち上がり壁に座ってはいない。右足だけパラペットにかけて、ポケットに手を突っこんでいる。

すらりとした長身だ。白いシャツを着ている。

「S様」

雫谷《しずくだに》が呼びかけた。奇異な呼び名だったけれど、雫谷はふざけているわけじゃない。それは声音でわかった。真摯で、それでいて砂糖のかたまりのような、やたらと甘ったるい声だった。

彼が振り向いた。彼は雫谷を見なかった。飛《とび》だ。彼はまっすぐ飛を見ていた。

飛はその顔を知っていた。とてもよく知っている。はっきりと覚えていた。記憶と寸分違《たが》わない。ずっと会っていないのに。あのとき別れ別れになって以来、もう何年も。彼はやわらかく微笑《ほほえ》んでいる。その笑い方も変わらない。

「……お兄ちゃん？」

「やあ」

弟切潟《おとぎりせき》は目を細めた。

「大きくなったね、飛」

「知って――」

雫谷が飛に鋭い視線を投げつけた。すぐさま潟に、飛の兄に向き直った。

「……知って……るんですか？　S様……弟切飛のこと……え？　お兄ちゃん……って、弟切飛が、S様の……弟？」

「もちろん知っているよ」

潟は返事をしながらも雫谷には目もくれない。

「ずっと前からね。飛は特別なんだ」

「……特別――」

雫谷の息遣いが荒くなった。ずいぶんうろたえているようだ。飛も当然、平静じゃない。どのくらい動揺しているのか、飛自身わからない。

「じゃあ、S様、あたしは……？」

「ごめんね、ルカナ」

「あたしは特別じゃ……」

「飛は、もっと特別なんだ」

「もっと――そんな……」

「だけど、ルカナ、言ったろう？　きみには可能性がある。すごく大きな可能性が」

「可能性……」

「ルカナ」

「は、はい、S様」

「本当の、本当に、特別なものになりたいかい？」

「なりたい」

雫谷は両腕で自分自身を抱きしめた。そこまで特別じゃない自分を壊してしまおうとしているかのように。

「あたし、なりたいです、特別に！　本当に、特別なものに！　だって、特別じゃなきゃ、何の意味もない……！」

「そう」

潟《せき》はポケットから右手を出した。その手が雫谷《しずくだに》に向かって差しのべられた。雫谷は吸い寄せられるように歩いた。骨も関節も筋肉も持たず、体重もほとんどない紙人形のように、どうにも不安定な足どりだった。潟の右手が雫谷の左頬にあてがわれた。

「だったら、食べさせるんだ」

「え……」

「サイファにきみを食べさせろ」

「あたしを、サイファに、食べ――」

「本当の意味で、特別になりたいんだろう？　きみはなれるよ、ルカナ。特別なものに。きみには可能性がある。ほら」

潟は決して強く手で雫谷を押したわけじゃない。でも、彼女を突き放した。飛《とび》にはそう見えた。彼女は振り向いた。笑っていた。少なくとも、笑おうとしていた。彼女は両腕を大きく広げて言った。

「サイファ、あたしを食べて」

彼女の人外が口を開けた。サイファ自体が口と化したかのようだった。体が裂けるほど口を開けないと、彼女を食べられない。彼女はうなずいた。それから腐肉のようなサイファの口腔内《こうこう》に飛びこんだ。さすがに丸のみとはいかなかった。サイファが口を閉じると、彼女の腰から下がはみ出した。彼女が何か叫んだ。両脚がじたばたした。サイファは四本の腕のような脚で彼女を押さえた。無理やり口の中に押しこんでしまおうとしている。

「飛、僕にはね」

潟は彼女を見ていない。潟の眼差《まなざ》しは飛に向けられている。

「叶《かな》えたい願いがあるんだ」

「……それが――誰にも言わないで、お兄ちゃんが秘密にしていたこと？」

「そう思うかい？」

わからない。わからないよ。飛には何もわからない。やっと会えたのに。会いたかった。あてもなくずっと捜していた。飛は兄のことしか覚えていない。親はいるのか。いないことはないだろう。両親はどこの誰なのか。弟切《おとぎり》飛という名前と、兄だけが手がかりだった。兄なら何か知っているはずだ。

気づかないうちに、バクが飛の足許に転がっていた。まるでただのバックパックみたいだ。飛は怖かった。本当にバクが、単なるバックパックだったらどうしよう。飛が呼びかけても、バクが答えなかったら。そんなわけがない。そんなことはありえない。そう思いたい。でも、何が現実で、何が幻なのか、何が本当で、何が嘘《うそ》なのか、飛にはわからない。

もうわからなくなってしまった。

「主《あるじ》を食べた人外は、燼《じん》というものになる」

潟《せき》の声がする。たった一人の兄が、すぐそこにいる。けれども、あれは兄なのか。本物なのだろうか。

雫谷《しずくだに》ルカナは彼女の人外に食べられてしまった。ぱんぱんに膨れに膨れて、はちきれそうなサイファの中に、彼女はいるのだろう。サイファには目が四つあった。二つ増えて六つになっていた。四本の腕のような脚の上に、何か生えてこようとしている。隆起して、それは新たな腕になった。他に比べると細い二本の腕だ。表皮は黒ずんで、今や鉛のような色をしている。もともとサイファは化け物じみていた。もはや完全な化け物にしか見えない。なんだかとびきり悪い夢を見ているみたいだ。これは夢じゃないのか。

「すごいな、ルカナは。素質があったんだ」

潟は悪夢のようなサイファの頭頂部あたりを撫《な》でた。サイファが六つの目を閉じて、妙につやつやした大きすぎる唇を震わせた。S様、とサイファは言った。雫谷の声だった。

「燼になっても、意識を保っている。すばらしいよ」

To be continued.

あとがき

詩、歌の場合は詞と書きますが、これは僕にとって鬼門というか、苦手な分野です。

実は経験がないわけではありません。僕は昔、ギターを弾きながら路上で歌っていたことがあって、作詞作曲も一応していました。一応というか百曲以上作って、編曲、宅録、音源を作成するところまで一人でやっていました。正直、その道で身を立てようと一時は志していたのです。断念して小説を書きはじめました。

なぜあきらめたのかというと、一つには自分の歌声がどうも好きになれませんでした。今から思えば、路上でマイクも使わず歌いはじめたので、技巧を凝らすよりもとにかく大声を出すことが最優先でした。それがあまりよくなかったような気もします。

そしてもう一つは、自作曲に納得がいきませんでした。曲がまずいし、詞も野暮ったくて、これは無理だなと我ながら思いました。いくらがんばっても無駄だろう。自分には才能がないと見切りをつけたのです。

そこで小説を書いてみたら、詞よりはいくらかましでした。それに、詞はどうすればよくなるのか見当もつきませんでしたが、小説は違いました。考えてみると、本は子供の頃からそこそこ読んでいたので、参考にできるものがいくらでもあったのです。音楽もずっと聴いてきましたが、伯父の影響で主に洋楽でした。路上でもビートルズやオアシス、オールディーズのスタンダードナンバーをよく歌っていましたし、ちょっと古いのでご存じないかもしれませんけれど、ニルヴァーナやエアロスミス、レッチリの激しい曲を弾き語りして、通りすがりの人たちに不審がられたりしていました。あと、どういうわけか、英語の詞の意味なんてよくわかりません。ただなんとなく歌っていただけです。

と歌った曲でも歌詞を記憶できないのです。詞ではなくて詩、たとえば有名な詩人の詩集みたいなものには一切興味がありませんでした。俳句も和歌もぴんときません。いわゆる詩心というものが僕には備わっていないのでしょう。

そんなわけで、詞（詩）には大変な苦手意識があります。しかし、物語の構成、展開上、どうしても必要で、今回やむをえず詞を書くことに挑戦しました。自分でもいいのか悪いのかすらわかりません。ともあれ、作中の詞の出来についてはＳ（と僕）が全面的に責めを負います。本当に、あらためてＥｖｅさんはすごいなと痛感しました……。

最後に、Ｅｖｅさんと関係者各位、まりやすさん、イラストを担当してくださっているｌａｃｋさん、担当編集者の中道さんと、この小説を読んでくださった皆さんに心より感謝します。また次巻でお会いできたら嬉しいです。

十文字　青

月刊コミックジーンで
大好評連載中！
Eveによる原作・プロデュース
もうひとつの「人外」を巡る物語——
『虚の記憶』
原作・プロデュース Eve 漫画 ネヲ
①～②大好評発売中！
最新第3巻
2022年12月27日発売！

MF文庫J

いのちの食べ方2

2022年12月25日　初版発行
2024年10月5日　8版発行

原作・プロデュース	Eve
著者	十文字青
発行者	山下直久
発行	株式会社 KADOKAWA 〒102-8177 東京都千代田区富士見2-13-3 0570-002-301（ナビダイヤル）
印刷	株式会社広済堂ネクスト
製本	株式会社広済堂ネクスト

Printed in Japan　ISBN 978-4-04-682037-2 C0193

●お問い合わせ
https://www.kadokawa.co.jp/（「お問い合わせ」へお進みください）
※内容によっては、お答えできない場合があります。
※サポートは日本国内のみとさせていただきます。
※Japanese text only

◇◇◇

【ファンレター、作品のご感想をお待ちしています】
〒102-0071 東京都千代田区富士見2-13-12
株式会社KADOKAWA　MF文庫J編集部気付「Eve先生」係「十文字青先生」係「lack先生」係